Capítulo Uno

–Sí quiero.

Pandora Armstrong pronunció aquellas palabras con voz clara y firme y, automáticamente, sintió que la invadía una ola de alegría. Miró al novio con disimulo. Zac Kyriakos se erguía junto a ella como una roca. Serio. Concentrado. Increíblemente guapo.

Tenía la mirada fija en el frente y su perfil podría haber sido el de cualquier estatua del Museo de la Acrópolis al que había llevado a Pandora sólo tres días antes. La nariz arrogante, la mandíbula ancha y los pómulos pronunciados, todo le recordaba a las estatuas que había visto allí. Pero fue en su boca en lo que Pandora detuvo la mirada. Dios, su boca…

Una boca de labios carnosos y sensuales, una boca hecha para el pecado.

En aquel momento Zac bajó la mirada y la vio mirándolo. Sus ojos, fríos como el hielo, ardieron con pasión y su boca se curvó en una sonrisa.

Pandora sintió el deseo que crecía dentro de su cuerpo y tuvo que bajar la mirada, centrarse en el ramo de rosas blancas que llevaba en la mano.

Dios. ¿Cómo era posible sentir algo semejante por un hombre? Y no se trataba de un hombre cualquiera. El que hacía que se sintiera agitada y febril no era otro que Zac Kyriakos. ¿Qué le había hecho?

¿La había cautivado?

Tuvo que hacer un esfuerzo para no frotarse los ojos y comprobar que todo aquello no era un sueño. ¿Cómo era posible que ella, Pandora la santurrona, se hubiera enamorado tan deprisa de alguien después de lo sucedido aquel verano?

De pronto oyó decir al arzobispo:

–Puedes besar a la novia.

Los votos y el beso no solían incluirse en las bodas ortodoxas griegas, pero Zac los había pedido por ella.

¡Estaba casada!

Casada con el alto y guapísimo hombre a cuya mano se agarraba con tal fuerza que debía de estar dejándole la marca de las uñas. Pandora tenía el estómago encogido por los nervios. No todos los días se casaba una con un hombre al que había conocido hacía tan sólo tres meses.

–¿Pandora?

Ella levantó la cabeza y se encontró con sus ojos, unos ojos que la miraban con ardor. Unos ojos posesivos y hambrientos. Había una pregunta en ellos. Pandora asintió de manera casi imperceptible para darle el permiso que él le estaba pidiendo.

Él también le apretó la mano al tiempo que posaba la otra sobre su cadera, cubierta por aquel vestido que, durante siglos, había pasado de una novia de la familia Kyriakos a otra. Inclinó la cabeza sobre ella y Pandora sintió el roce cálido e íntimo de su boca.

Ese simple roce sirvió para que Pandora se olvidara por completo de la presencia del arzobispo y de toda la gente que llenaba los bancos de la iglesia. Se olvidó de que aquel hombre era Zac Kyriakos, propietario de una importante naviera, multimillonario.

Lo único que existía en aquel momento eran sus labios y el calor que le transmitían, un calor que inundó todo su cuerpo de golpe.

Pero él la soltó enseguida y Pandora tuvo que recordar dónde estaban, en una iglesia, ante casi un millar de personas que los observaban. El calor desapareció de pronto y, a pesar del intenso sol de agosto que brillaba con fuerza en el exterior, Pandora sintió frío.

–¡Madre mía! –Pandora abrió los ojos de par en par al ver la nube de paparazzi que los esperaban junto a la residencia que Zac tenía en Kifissia, una lujosa zona residencial al norte de Atenas donde iba a celebrarse la fiesta.

–¿Te agobia? –una malévola sonrisa iluminó el rostro bronceado de Zac–. Es como un circo de tres pistas, ¿verdad?

–Sí –Pandora se agazapó en el asiento, intentando esconderse de los objetivos de las cámaras.

Los periodistas la habían perseguido desde el mismo instante que había puesto un pie fuera del avión, pero Zac y sus guardaespaldas habían mantenido a distancia a aquella ansiosa multitud. Seguramente debería haber imaginado que la boda de Zac Kyriakos con una joven adinerada provocaría una enorme expectación.

Como bisnieto de una princesa rusa y del legendario Orestes Kyriakos, Zac había heredado gran parte de su fortuna de su abuelo, Sócrates, después de que Orestes hubiese utilizado el patrimonio de su esposa para devolver a la familia Kyriakos la gloria de la que habían disfrutado antes de la Primera Guerra Mundial. Tanto Orestes como Sócrates se habían convertido en auténticas leyendas de sus respectivas épocas y Zac también ocupaba ya un lugar importante en las portadas de las revistas de economía de todo el mundo, así como en las listas de los solteros más deseados.

Sin embargo Pandora había sido tan ingenua como para no pararse a pensar en la fama de su prometido; jamás habría pensado que su boda recibiría la atención que se le daría a una boda real.

–Sonríe. Todos creen que nuestra boda es muy romántica, una especie de cuento de hadas moderno –le susurró Zac al oído–. Y tú eres la hermosa princesa.

Con la sensación de estar interpretando un papel, Pandora miró por la ventana y dibujó en su rostro una sonrisa impostada. Los periodistas se volvieron locos, pero enseguida atravesaron la enorme puerta de hierro y los perdió de vista mientras se adentraban en un camino flanqueado por árboles y junto al que se extendían unos impresionantes jardines.

–Pandora –la expresión de Zac se volvió seria de repente–. ¿Recuerdas lo que te dije nada más llegar? No leas los periódicos. No busques esas fotos en la prensa de mañana porque irán acompañadas de mentiras y de verdades a medias que no harán más que ponerte triste –le dijo con una voz inesperadamente intensa mientras le acariciaba la muñeca con la yema del dedo pulgar–. Las especulaciones, los chismorreos y toda la basura que publican te dejarían destrozada.

–Lo sé. Ya te he prometido que no miraré los periódicos –Pandora suspiró–. Cuánto desearía que estuviera aquí papá –la ausencia de su padre era la única sombra en un día que por todo lo demás había sido perfecto. Desde que un brote de neumonía le había dañado seriamente los pulmones hacía cuatro años, su padre ya no se arriesgaba a viajar en avión–. Siempre pensé que estaría a mi lado el día de mi boda para entregarme.

Aquello le hizo pensar que acababa de dejar atrás su infancia y a su padre. A partir de aquel día viviría con

Pandora reconoció algunas caras. Una famosa actriz de Hollywood le dio un beso en la mejilla y su también famoso marido, un cantante de rock, le estrechó la mano. Después saludó con una sonrisa a un importante futbolista y a su esposa, todo un icono de la moda.

Ya dentro de la casa, vio a un príncipe europeo y a su esposa australiana, una chica de clase alta que había saltado a la fama gracias a un programa de televisión. También había numerosas novelistas. Con cada cara conocida que veía, aumentaba la sensación de Pandora de estar completamente fuera de lugar.

Tenía la boca seca por los nervios, pero no había un momento de descanso. Las felicitaciones no pararon ni siquiera cuando se sentó junto a Zac en la mesa nupcial. Todo el mundo la miraba y sonreía y Pandora no dejaba de preguntarse si estaba a la altura de las expectativas o si la gente esperaba algo más de la mujer que se casara con Zac Kyriakos. La idea resultaba desmoralizante.

Echó un vistazo por el resto de las mesas. Evie y Helen, sus dos amigas de la escuela, tenían que estar allí en algún lugar. Las tres jóvenes habían pasado toda una década juntas en el estricto internado. A excepción de las vacaciones, Pandora había pasado la mayor parte de su vida en el colegio St. Catherine's, del que se había marchado sólo unos meses antes de cumplir dieciocho años, hacía tres. Desde entonces, había ayudado a su padre en High Ridge.

Pandora se sentía mal por no haber tenido oportunidad de saludar a sus amigas, pero sabía que ellas la perdonarían y comprenderían que aquella noche su prioridad era Zac. No obstante, las buscaría más tarde.

–Aquí vienen Basil Makrides y su esposa, Daphne –murmuró Zac–. Suelo hacer negocios con él.

Pandora sonrió amablemente. Después de que los Makrides se hubieran alejado de nuevo, hubo una pequeña pausa.

–¿Dónde está tu hermana? Aún no la conozco –Pandora habría querido verla antes de la ceremonia.

Le habría gustado tener compañía mientras estaba en manos del peluquero, de la maquilladora y de la modista que había arreglado el vestido de novia. Habría sido muy agradable que la hermana de Zac hubiera estado allí con ella, o al menos la tía o la prima de las que tanto le había hablado. Alguien que le dijera que todo iba a salir bien.

Que iba a llevarse bien con todo el mundo.

El gesto de Zac se oscureció de pronto.

–Mi hermana no ha podido llegar a la boda. Ha habido un problema.

Pandora vio la preocupación en su mirada.

–¿Está… enferma?

–No, no es eso –respondió bruscamente–. No tienes por qué preocuparte. Vendrá más tarde.

Pandora se tensó al oír aquella contestación; Zac no solía tratarla como si fuera una jovencita tonta cuya opinión no contaba. ¿Qué estaba pasando? ¿Tenía algo que ver con ella… o quizá con su hermana?

–Lo siento –dijo él–. No pretendía ser tan brusco. Es mi cuñado, él es el problema… no es una persona fácil.

–Vaya –Pandora hizo sus propias conclusiones–. Pobrecita, casada con un bruto.

–No la maltrata ni nada parecido.

–¿Entonces? –no pudo ocultar su curiosidad.

Pero Zac negó con la cabeza.

–Ahora no quiero pensar en mi cuñado. No quiero enfadarme el día de mi boda.

–Yo tampoco quiero que te enfades –dijo ella poniéndole la mano en el brazo–. Cuéntamelo cuando estés preparado para hacerlo.

–Eres la esposa perfecta –le dijo Zac al oído antes de darle varios besos en el cuello y en el hombro.

El flash de una cámara sobresaltó a Pandora.

–No te preocupes –susurró él–. Todos los invitados son de fiar. No hay ningún periodista, sólo familiares y amigos. Ah, y un fotógrafo de impecable reputación que se encargará de que tengamos un recuerdo de este día.

Pandora sintió que se le encogía el estómago al pensar en la prensa, todos aquellos periodistas ansiosos por conseguir una imagen de Zac y ella juntos.

Durante la interminable cena no dejaron de saltar los flashes de las cámaras y en todo momento, Pandora podía ver la curiosidad en las miradas de las mujeres y las dudas de los hombres. ¿Por qué, de todas las mujeres del mundo, Zac Kyriakos habría elegido a una don nadie neozelandesa? Era la misma pregunta que se hacía ella constantemente y para la que no había encontrado respuesta.

Finalmente dejó de pensar en que había algo que no sabía y dejó que Zac la estrechara junto a él mientras le presentaba a los invitados.

Ya había pasado el primer vals.

Pandora miró a la desconocida cuya imagen le devolvía el espejo, tenía el rostro sonrojado y los ojos brillantes. Se había ausentado del salón para comprobar que el maquillaje seguía intacto, pues las cámaras no habían dejado de perseguirlos en ningún momento.

Mientras se retocaba las pestañas, Pandora tuvo que reconocer que aquella situación la sobrepasaba. ¿Cómo podría explicar que, a pesar del millonario fondo fiduciario que recibiría al cumplir los veinticinco, el glamour del mundo de Zac, con todos aquellos famosos y siempre bajo la atenta mirada de las cámaras, le resultaba enervante?

Antes de salir, bebió un trago de agua bien fría y se dispuso a volver al bullicio y a las luces.

–Pandora –la llamó Zac nada más entrar en el salón.

Con su enorme estatura, a Pandora le resultó fácil encontrarlo entre la multitud.

–Éste es mi tío Costas, es hermano de mi madre –le dijo presentándole al hombre que estaba a su lado.

Pandora sonrió a aquel hombre de ojos azules que le estrechó la mano suavemente.

–Es un verdadero placer –dijo llevándose su mano a los labios.

–Mi tío es un reputado seductor, así que ten cuidado –dijo Zac riéndose con evidente cariño–. No sé cómo lo soporta la tía Sophia.

El tío de Zac se encogió de hombros.

–Supongo que porque sabe que es a ella a la que amo. Creo que ya has conocido a mi hijo.

Pandora trató de recordar quién era el hijo de Costas.

–Dimitri –aclaró él.

–Ah, sí –dijo, aliviada–. El abogado que preparó el acuerdo prematrimonial, el *koum*... –le resultaba difícil pronunciar aquella palabra–... el padrino –optó por la que conocía–. Él fue quien sujetó las coronas sobre nuestras cabezas durante la ceremonia.

–*Koumbaro* –corrigió Zac.

–Eso, el *koumbaro* –repitió ella.

Zac le había explicado que, como *koumbaro*, Dimitri sería también el padrino de su primer hijo... algún día.

Sintió un escalofrío al imaginar a un niño con los ojos de Zac. Pero antes quería pasar un par de años a solas con su flamante esposo.

–No te resultará difícil aprender nuestras costumbres –Costas parecía satisfecho–. ¿Te ha resultado muy agobiante conocer a tanta gente?

Pandora asintió, agradecida por su comprensión.

–Puedes llamarme *theos*, tío, como me llama Zac.

–Gracias, *theos*. Zac me ha hablado mucho de ti –Pandora sabía que aquel hombre había sido como un padre para Zac durante la adolescencia. Costas, que era abogado de profesión, había participado activamente en la empresa Kyriakos aunque no fuera un Kyriakos. En el momento en que Zac se había hecho con el control del consejo de dirección, su tío había dimitido para concentrar toda su energía en el bufete de abogados que ahora llevaba junto a sus dos hijos, Stacy y Dimitri. Dimitri trabajaba con su padre en la oficina de Atenas, mientras que Stacy se hacía cargo de la de Londres. Pandora recordaba el amor y el respeto con los que Zac le había hablado de su tío durante sus largas conversaciones telefónicas–. Me alegro mucho de conocerte –dijo ella.

–Ya hablaremos más tranquilamente –dijo Costas y le dio una palmadita en el hombro a Zac–. Ahora, muchacho, es hora de que bailes con la novia.

–Zac, te toca bailar.

La llegada de dos hombres le impidió a Pandora que le preguntara a Costas a qué se refería con eso de hablar más tarde.

–Vamos, Zacharias –dijo el segundo hombre, sonriendo con igual malicia que su acompañante.

Zac miró a Pandora con fingido pesar.

–Creí que podría librarme de esto.

–De eso nada –dijo uno de ellos con una carcajada.

Zac suspiró dramáticamente.

–Pandora, te presento a Tariq y a Angelo, otros dos primos míos.

Pandora los observó con interés, pues Zac había hablado de ellos con cariño y admiración. Después de la muerte del abuelo Sócrates, cada uno de los tres nietos había heredado una buena parte de la empresa. Como único hijo varón del único hijo varón, Zac había heredado la mayor parte de las acciones, pero Tariq y Angelo, al igual que la hermana de Zac, también habían recibido una generosa porción del negocio.

La mirada de Pandora fue de un hombre a otro y entre ellos vio ciertas similitudes, no sólo físicas sino también en el porte y en el aire de poder que irradiaban los tres.

–Bienvenida a la familia –dijo Angelo mirándola con sus penetrantes ojos azules.

Pandora sonrió.

–Gracias.

Tariq sin embargo la agarró por ambos hombros y le dio un beso en cada mejilla.

–Tienes que venir a visitar Zayad con tu marido.

–Antes deja que pasemos algún tiempo solos –gruñó Zac–. Iremos dentro de un par de meses.

Tariq se echó a reír.

–Cuando queráis. Pero ahora vamos a bailar.

Zac la llevó junto a la orquesta, que estaba tocando una música griega al ritmo de la cual los invitados bailaban formando una espiral interminable.

–Uníos a nosotros, Zac –les gritó Dimitri.

Antes de que pudiese darse cuenta, Pandora se encontró moviéndose con la espiral. Al principio tuvo la sensación de que no iba a ser capaz de seguir los pasos del baile por mucho que observase los movimientos de Zac, pero de pronto sintió el ritmo y sus pies empezaron a moverse solos. Sintió verdadera euforia.

Imitaba los pasos de Zac aun cuando el ritmo de la música se aceleraba. La gente cantaba a su alrededor y ella lamentaba no poder entender lo que decía la letra.

Zac le agarró la mano derecha, la izquierda la tenía ya Dimitri. La mujer que Zac tenía al otro lado dio un paso adelante y Pandora y ella intercambiaron una rápida sonrisa antes de que Pandora volviera a concentrarse en seguir los pasos.

La música se hizo más lenta y eso la hizo tropezarse, pero Zac la agarró de la cintura. Pandora frunció el ceño.

–Deja que la música te guíe –le aconsejó Zac–. Relájate. Tu cuerpo tiene que dejarse llevar por la corriente, no puede estar duro como un madero en mitad del mar.

Pero no era tan sencillo como parecía.

–No me agarres tan fuerte –siguió diciéndole–. Escucha la música y deja que fluya por tu cuerpo.

Pandora se concentró en la voz triste de la cantante.

–Habla de su amado, al que espera cada día en el muelle –le explicó Zac con un susurro–. Está segura de que su barco aparecerá, devolviéndolo a su lado.

La música era conmovedora y Pandora se dio cuenta de que se le había formado un nudo en la garganta.

–Muy bien. Ya lo tienes –dijo Zac con voz triunfante.

Y Pandora volvió a la realidad de golpe. Había conseguido seguir los pasos del baile. ¿Cómo lo había hecho? Se preguntó a sí misma, anonadada.

–La música griega sale del corazón y el baile no hace más que convertir esa música en movimiento. Tu cuerpo tiene que sentir el ritmo –la miró fijamente a los ojos–. Es fácil. Se trata de sentir, no de pensar en la técnica ni nada de eso. Sólo es emoción, la alegría del amor, el dolor de la traición.

La música parecía haberse apoderado de ella, sus pies se movían solos y el cuerpo los seguía.

Pero la música volvió a cambiar.

–Vamos a sentarnos un rato –sugirió Zac–. ¿Te apetece beber algo? ¿Una copa de champán?

Pandora estaba acalorada y sedienta por culpa del baile.

–Sólo agua, por favor.

Zac no tardó en volver con el vaso de agua.

–Ha sido genial –dijo ella, aún sorprendida con su propio logro.

–Ven, vamos a un lugar más fresco –la agarró de la mano y se la llevó hacia un extremo del salón–. Has aprendido los pasos muy rápido.

Ella se echó a reír.

–No me ha resultado nada fácil. Tienes que enseñarme mejor... cuando estemos solos –si alguna vez conseguían estarlo.

Él esbozó una sonrisa.

–¿Qué tal durante la luna de miel? –preguntó al tiempo que la conducía al exterior, donde las estrellas iluminaban el cielo oscuro. Zac se deshizo el nudo de la pajarita y se desabrochó el primer botón de la camisa.

–¿Entonces va a haber luna de miel? –preguntó ella con el corazón acelerado.

–Claro –se apoyó en una columna y agarró a Pandora de la cintura para atraerla junto a sí–. Los dos solos. Creo que nos lo merecemos.

–¿Dónde iremos?

–Es una sorpresa. Sólo te diré que habrá sol, mar y la única compañía de Georgios y Maria, el matrimonio que cuida la casa.

–Me muero de ganas de estar allí, sea donde sea. ¿Cuándo nos vamos?

–Mañana –la voz de Zac se convirtió en un seductor susurro–. Yo también me muero de ganas.

Dentro se había detenido la música.

Hubo un momento de silencio. Pandora sentía la mirada de Zac sobre ella, como si estuviera esperando a que ella hiciera algo. No sabía qué esperaba, así que hizo lo que más deseaba. Se puso de puntillas y lo besó en la boca. El fuego se encendió de inmediato. Zac gimió contra sus labios, que estaban ya entreabiertos.

Se besaron apasionadamente.

A lo lejos se oía ya la siguiente canción, pero Pandora sólo podía sentir la boca de Zac, esa boca de la que no podría cansarse jamás.

Pero entonces él se apartó.

–Éste no es el lugar adecuado. Podría vernos alguien. Ven –dijo tirando de ella.

–Zac, no podemos marcharnos –protestó Pandora mirando al interior de la casa.

–Claro que podemos –aseguró él deteniéndose a mirarla con evidente ardor. Sus labios se curvaron en una seductora sonrisa–. ¿Por qué habríamos de quedarnos si lo que ambos queremos es marcharnos?

–Porque… –Pandora intentó buscar una razón, pero sólo podía pensar en el modo en que la camisa de seda se pegaba a su cuerpo sudoroso por el baile. El cuerpo de Zac. Miró esos centímetros de piel que asomaban por el cuello de la camisa y tragó saliva–. Porque es nuestra boda y ni siquiera hemos cortado la tarta.

–La tarta puede esperar. Podemos cortarla en la comida de mañana. Vamos –Zac volvió a tirar de ella con impaciencia.

–¿Qué comida? –Pandora se detuvo.

–En la que voy a presentarte a mi familia –dijo estrechándola en sus brazos.

–Ah –ella había creído que después de la boda podrían por fin estar solos. Que podrían disfrutar el uno del otro en la luna de miel que él mismo le había prometido. Pero parecía que no iba a ser así–. ¿Pensé que mañana nos íbamos de luna de miel?

–Sí, pero más tarde –le dijo él con una sonrisa–. Ten paciencia, esposa mía. Aún no has tenido oportunidad de conocer a mi familia, como muy bien has dicho. Te he tenido para mí solo durante cinco días, pero tenemos que aprovechar ahora que todos están aquí porque pasará algún tiempo hasta que volvamos a reunirnos de nuevo. Pensé que sería buena idea que tuvieras tiempo de conocerlos bien al margen del bullicio de la boda.

–Claro –dijo Pandora, pero lo cierto era que se sintió de inmediato contrariada y confundida.

Deseaba estar a solas con Zac, pero también quería conocer a su familia y a sus mejores amigos. Quería tener oportunidad de hablar con Angelo y Tariq, de preguntarles a Dimitri y a Stacy cómo había sido Zac de niño. Y quería conocer a su hermana.

Quería tener su aprobación.

Zac tenía razón. Debía conocerlos cuanto antes, pero eso hacía que se sintiera insegura.

–¿Y si no les gusto?

–¿Cómo no vas a gustarles? –le dijo levantándole el rostro suavemente–. Eres perfecta –añadió con una enorme sonrisa–. ¿Quién va a atreverse a cuestionarte?

Pandora se puso aún más nerviosa. No era perfecta

ni mucho menos, de pronto tenía miedo que Zac la hubiese colocado en una especie de pedestal. ¿Y si su hermana la odiaba? Zac no permitiría que nadie pusiera en tela de juicio su elección.

Pandora se mordió el labio inferior y se aseguró a sí misma que todo iba a salir bien. Ahora era la esposa de Zac Kyriakos y su familia tendría que aceptarla. Seguro que acabarían queriéndola.

Como la quería Zac.

Desde luego ella iba a hacer todo lo que pudiese para que así fuera y Zac se encargaría del resto. Se acurrucó en sus brazos. A veces olvidaba lo poderoso que era. A veces era sólo Zac, el hombre al que adoraba.

–Deja de preocuparte, todo va a salir bien –le dijo acompañando sus palabras con un beso que hizo que desapareciera todo rastro de nerviosismo.

De pronto sólo podía pensar en él, en su boca y en la fuerza de los brazos que la rodeaban y hacían que su cuerpo vibrara de deseo.

Él apartó la boca de ella y respiró hondo.

–¿Podemos marcharnos ya?

–Sí –dijo ella con un suspiro.

Capítulo Dos

Zac se acercó al mueble-bar que había en un rincón de la sala de estar que formaba parte del dormitorio principal de la casa y se sirvió dos dedos de whisky de malta. Una vez con el vaso en la mano, fue hasta la ventana. Sin las luces de la ciudad a lo lejos, lo único en lo que pudo pensar fue en el extraño silencio que reinaba en la habitación.

Su mujer estaba al otro lado de la puerta que había a su espalda. Se preguntó si estaría lista para él.

Se le encogió el estómago al pensarlo.

Llevaba tres meses esperando aquel momento. Había tenido mucha paciencia, se había portado como un verdadero santo.

Durante el breve noviazgo ni siquiera se había atrevido a acercarse a su futura esposa. Se había permitido sólo dos visitas, para las cuales había tenido que hacer dos vuelos de veinticinco horas. Las casi cincuenta horas que había pasado en el aire habían sido más que el tiempo que había pasado con su prometida, pero había merecido la pena. Sólo por verla. Por tocarla.

Levemente.

Con prudencia.

Ambas veces se había marchado antes de perder el control, antes de tomarla en brazos y llevársela a la enorme cama de la casita de madera que había ocupado en High Ridge, allí la habría poseído hasta satisfacer su necesidad. Su pasión la habría dejado anonadada igual que lo había sorprendido también a él.

Aquella mujer era la personificación de la tentación, con su sedoso cabello claro, sus enormes ojos y su cuerpo delicado.

Pero ahora ya eran marido y mujer y sólo los separaba una puerta. Zac se volvió a mirar dicha puerta y tragó saliva.

Tenía que tomárselo con calma, controlar el mar de pasión que había crecido dentro de él. Lo que menos deseaba en el mundo era asustar a su esposa en la noche de bodas. Porque Pandora era completamente inocente.

Era virgen.

Zac tenía intención de saborear cada momento. En sus treinta y un años de vida nunca había hecho el amor con una mujer virgen. Su anticuado sentido del honor le llevaba a elegir mujeres experimentadas.

Pero su mujer era algo muy diferente.

Le horrorizaba pensar que estaba nervioso. Le temblaba la mano con la que sujetaba el vaso y no servía de nada que intentara convencerse de que el culpable de aquellos nervios era el deseo y no el miedo.

Perdió la mirada en el líquido color ámbar. No solía beber; de hecho no se había emborrachado en toda su vida, ni siquiera un poco. Despreciaba a la gente que se refugiaba en tales adicciones.

Pero aquella noche era diferente...

Apuró el vaso de un trago, reunió un poco de valor y se dirigió a la puerta del dormitorio.

De pie en el centro del precioso dormitorio de Zac, que ahora también era el suyo, Pandora vio cómo giraba el picaporte de la puerta. Algo se estremeció dentro de ella. La puerta se abrió y apareció Zac.

Se detuvo en seco.

Enseguida notó que se había duchado y cambiado de ropa. Estaba increíblemente sexy con aquellos pantalones negros y aquella camisa blanca. Se sonrojó al ver que él la miraba con el mismo interés que ella a él. Sintió un calor instantáneo en el vientre y se le entrecortó la respiración.

–Aún estás vestida –parecía decepcionado–. Pensé que te había dado el tiempo necesario para darte una ducha y...

–Necesito que me desabroches los botones de la espalda –se apresuró a decir ella–. No se me ocurrió que fuese a necesitar a alguien para desvestirme –y nadie se había ofrecido. Seguramente la modista habría pensado que preferiría encargarse el novio. Pandora se sonrojó sólo de pensarlo, así que continuó hablando rápidamente–. Ya me he lavado la cara, pero necesito quitarme el vestido.

–¡Claro! Qué tonto he sido... no se me había ocurrido –se acercó a ella.

Pandora intentó no echarse a temblar, pero en cuanto lo tuvo a sólo unos centímetros, todo su cuerpo se estremeció.

–Date la vuelta –susurró él arrodillándose en el suelo.

Un segundo después pudo oír la respiración firme de Zac a su espalda y sintió que se le aceleraba el corazón mientras esperaba...

Por fin le desabrochó el primer botón y poco a poco, Zac fue subiendo por su espalda.

–*Zeus*, ¿de verdad era necesario poner tantos botones? Debe de tener al menos doscientos... ¡y son diminutos!

–Sólo hay setenta y cinco. La costurera que hizo el arreglo los contaba cada vez que me tenía que ayudar a quitármelo después de cada prueba. Se tarda una eternidad en desabrocharlos.

–Espero que no sea tanto –dijo Zac con tono humorístico, pero había algo más en su voz… algo sensual que no le pasó inadvertido a Pandora.

Hizo un esfuerzo por recuperar la compostura.

–Si esto fuera un cuento de hadas, habrías tenido que esperar cien años para llegar a este momento.

–Me parece que llevo esperando toda la vida –murmuró él–. Pero, si esto fuera un cuento de hadas, utilizaría mi espada mágica para abrir el vestido por aquí… –le pasó la mano por la espalda hasta llegar a la curva del trasero.

Pandora sintió un escalofrío.

–Así podría quitarte el vestido…

Tenía la respiración acelerada.

–Pero no tienes ninguna espada, así que me temo que vas a tener que hacerlo…

–A la antigua usanza. Muy despacio, disfrutando del momento –murmuró suavemente al tiempo que le pasaba la mano por el interior de la pierna hasta llegar a la rodilla–. Un par de botones más y podré tocarte el muslo.

Sus dedos la acariciaron una vez más antes de volver a la tarea. Ella suspiró con decepción.

–No te preocupes, *yineka mu*, enseguida podremos acariciarnos tanto cuanto queramos. Tenemos toda la noche por delante… y voy a tomármela con mucha calma. Lo prometo.

–Entonces puede que muera de placer –susurró ella, con la respiración entrecortada por la excitación.

–Ay, esposa mía, no digas esas cosas. Estoy intentando controlarme; no me hagas derretir o esto acabará antes de que empecemos siquiera.

–Creí que ya habíamos empezado.

Zac lanzó un rugido.

–¡Calla, esposa! Tengo que desabrocharte estos botones lo antes posible y no haces más que distraerme –entonces se detuvo en seco y Pandora notó que dejaba de respirar unos segundos–. ¿Qué demonios es esto?

–La liga. No sabía si tenías la costumbre de tirarla durante la fiesta, así que decidí ponérmela por si acaso.

Aún de rodillas a su espalda, Zac volvió a acariciarle la pierna, pero esa vez llegó hasta el muslo en el que llevaba la liga.

–Es azul… para cumplir la tradición –siguió explicando ella con gran esfuerzo, pues apenas podía respirar con normalidad–. Ya sabes, algo prestado, algo azul. Pensé que el vestido serviría como algo prestado –sus caricias estaban volviéndola loca y si no continuaba hablando, acabaría por agarrarle la mano y llevársela hasta los pezones, endurecidos por la excitación.

Pero sus dedos dejaron de tocarla al quitarle la liga. Zac se puso de pie y le dio media vuelta.

Pandora dejó de respirar.

La miraba con ojos brillantes y con la liga en la mano como si fuese un trofeo.

–Toda mía –susurró con voz ronca–. Cada centímetro de tu perfecto cuerpo es mío.

Ni siquiera tuvo tiempo de tomar aire antes de que él posara la boca sobre sus labios con auténtica voracidad.

Pandora se puso de puntillas, le echó los brazos al cuello y lo besó como si estuviera hambrienta. Se apretó contra él y se deleitó en la sensación de tenerlo tan cerca, de sentir su pecho contra ella.

–Despacio, esposa mía, despacio –le dijo él, jadeante, al tiempo que le ponía las manos en las caderas para sujetarla.

–Yo –murmuró con un beso–... No puedo –otro beso–... esperar.

–Ay, *Christos.*

Le puso ambas manos en las nalgas y la levantó del suelo, levantándole también el vestido. La apretó con fuerza hasta... hasta que Pandora sintió su excitación a través de la tela.

–¡Zac! –exclamó ella al ver que la levantaba aún más y, de manera instintiva, le echó las piernas alrededor de la cintura para agarrarse a él.

Cayó sobre la cama con Zac encima. Lo miró a aquellos ardientes ojos verdes.

–No puedo esperar un minuto más –dijo él moviéndose sobre ella de manera inquieta e insistente.

Podía sentir su calor, su excitación y era consciente de que estaba tratando de controlarse.

–El vestido... se va a estropear.

–¡Olvídate del vestido!

–No puedo. La costurera no ha dejado de decirme que es una pieza histórica. Me sentiría muy culpable si...

–Está bien. Date media vuelta para que pueda quitártelo de una vez –gruñó Zac mientras también él se desprendía de la camisa.

Pandora no pudo evitar fijarse en la hermosa visión de su pecho desnudo, los músculos marcados del estómago... se le escapó una especie de gruñido y estuvo a punto de morir de vergüenza.

Se llevó la mano a la boca para no emitir ningún otro sonido y se giró sobre la cama para que él no pudiera verla. Las faldas del vestido se le enredaron en las piernas.

–Ay, no.

–Espera, ahora mismo te libero de todo esto –se adivinaba la risa en su voz.

–No es por mí.

–Lo sé, es por el maldito vestido –la frustración masculina se mezclaba con su sentido del humor.

En el momento en que sintió sus manos sobre la piel Pandora se olvidó de golpe del vestido.

–Dios... –gruñó con total libertad–. Pensé que ibas a desabrochármelo.

–Pero esto es mucho más divertido, *agapi mu*.

Pandora pegó un respingo al notar sus labios detrás de la rodilla.

–¡Zac!

Siguió cubriendo sus piernas de besos hasta que de pronto se detuvo y Pandora esperó en tensión a ver qué hacía a continuación. Oyó el sonido de la tela y acto seguido sintió la cálida humedad de su lengua en la parte trasera del muslo. Hundió el rostro en la colcha de la cama para no gemir como una loca.

Zac tiraba de la ropa que había quedado atrapada debajo de ella, por lo que Pandora levantó las caderas. Él volvió a tirar farfullando algo en griego.

–Tengo que desabrocharte estos malditos botones –soltó un improperio y luego se echó a reír–. Esta vez empezaré por arriba, así me será más fácil controlarme.

Pandora levantó la cara de la cama y soltó una bocanada de aire al notar que Zac se sentaba a horcajadas sobre ella.

–¿Te peso mucho?

–No.

Sus dedos le rozaron la nuca y volvieron a ponerla en tensión.

–Primer botón –dijo con resignación–. ¿Has dicho que había setenta y cinco? Dios, aún no he desabrochado ni la mitad. ¿Cuánto tiempo voy a tardar?

–Si quieres, podemos hablar de cualquier cosa. Del tiempo, por ejemplo.

–Sí, hablemos del tiempo –respondió con rabia–. Hace tanto calor que apenas puedo respirar. ¿Quieres que te diga lo caliente que estoy? –no esperó a obtener una respuesta–. Tengo la piel tan caliente, que parece estar completamente tensa.

Pandora imaginó su piel bronceada y sus músculos. Dios, cuánto deseaba poder tocarlo…

–¿Qué más?

–Todo mi cuerpo palpita por culpa de… de un deseo que no había sentido jamás. Tengo treinta y un años y me siento como un maldito adolescente. Un muchacho ansioso por… poseerte. Dios, no estoy caliente, estoy ardiendo.

No podía responder nada, sólo podía sentir el roce de sus dedos mientras iba abriendo cada diminuto botón, sentía también el aire fresco que entraba por la ventana y le rozaba la piel que iba quedando al descubierto.

–Bueno, ya hemos hablado del tiempo. ¿De qué quieres hablar ahora?

Pandora levantó la mirada hacia la pared, pero apenas podía hablar por culpa de la erótica descripción que acababa de escuchar.

–¡Maldita sea! Te he asustado, ¿verdad? No debería haber sido tan explícito sobre lo que siento por ti. A veces olvido lo joven y…

–Zac…

–… lo inocente que eres. Todos esos años en el internado para chicas y después ayudando a tu padre…

Soy un bruto –había abandonado los botones por un momento–. Me he prometido a mí mismo que iría despacio, con calma.

–Zac.

Esa vez dejó de hablar para escucharla.

Pandora tomó aire antes de hablar. Aquello era más difícil de lo que había creído.

–No siempre estaba en el colegio o con mi padre. A veces iba a visitar a alguna amiga.

–Tu padre me lo dijo –la interrumpió él–. Me habló de tus vacaciones con las compañeras del colegio, siempre vigilada... eso no es demasiada experiencia.

–No soy completamente inocente.

–¿Qué quieres decir?

Pandora sintió cierta tensión en los muslos, que estaban sobre sus caderas. Era demasiado tarde para hablar de ello, para tener una conversación que, en la época en la que estaban y con la edad que tenían, resultaría ridícula. Al fin y al cabo, ya estaban casados. ¿Qué importaba ya lo demás?

Así pues, Pandora se olvidó del tema.

–Que te deseo.

Zac rugió una vez más y volvió a los botones con impaciencia.

–¡Malditos botones! Pandora, esposa mía, yo a ti también te deseo... más de lo que podría explicarte.

–Demuéstramelo, no me lo expliques.

–Creí que querías hablar –dijo riéndose suavemente–. Podríamos hablar de la piel –susurró abriendo un poco más el vestido para colar la mano por debajo–. ¿Quieres que te diga lo suave que tienes la piel?

Una exquisita sensación le recorrió el cuerpo, se alojó primero en el vientre y luego fue bajando del mismo modo que Zac iba bajando la mano por su espalda.

–Hablar es fácil –dijo ella, tratando de controlarse.

–¿Quieres acción?

Entonces sintió sus labios y su lengua donde antes había estado su mano. Su lengua... Pandora se mordió la mano para no gemir. Las caricias se detuvieron un segundo y pudo volver a respirar. Había vuelto a los botones.

–Por fin –anunció unos segundos después.

Sintió el aire fresco en las nalgas ya descubiertas.

–¿Qué es esto? ¿Es que pretendes que pierda la cabeza por completo? –preguntó con frustración y deseo–. Si es así, te juro que lo estás haciendo muy bien.

Los escalofríos volvieron al notar cómo sus dedos agarraban el diminuto tanga de encaje que llevaba, pero hizo un esfuerzo por hablar.

–Es algo nuevo.

–¿Qué?

–Algo viejo, algo nuevo. ¿Recuerdas la tradición? Pensé que el vestido valía como algo prestado y como algo viejo.

–Olvídate del vestido –le pidió al tiempo que tiraba al suelo la valiosa prenda–. No quiero volver a oír hablar de ese maldito trozo de tela, ya nos ha hecho perder demasiado tiempo –le pasó la mano por la espalda lentamente–. Tu piel sí que es pura seda. Pandora, esposa mía, eres increíble.

Ella no respondió, no podía hacerlo porque una oleada de deseo que no se parecía a nada que hubiera sentido antes en su vida se apoderó de ella. Sentía su boca en la espalda mientras colaba los dedos de una mano bajo la poca tela que formaba el tanga. La tensión que Pandora sentía entre las piernas era tan intensa, que finalmente no pudo hacer más que darse la vuelta... quería que la tocara... ahí.

–¿Es esto lo que quieres, *agapi?*

Sus dedos empezaron a explorar los húmedos pliegues de su piel.

Un gemido escapó de sus labios.

Abrió las piernas un poco más. Otra caricia que puso todo su cuerpo en tensión.

–¿Más? –le preguntó y volvió a tocarla.

Pandora trataba de luchar contra el poder del deseo… pero no podía.

–Más –le imploró finalmente.

Esa vez apenas la tocó, sus dedos se concentraron en la parte más sensible de su cuerpo, en el centro absoluto del placer y la hicieron gritar mientras se deshacía en sus brazos. Después se quedó tumbada junto a él, sin respiración, derrotada, como si una avalancha la hubiese pasado por encima. Y oyó cómo Zac le susurraba al oído.

–Aún queda mucho, muchísimo más. Tenemos toda la noche por delante.

Capítulo Tres

–Está hecho.

Pandora se detuvo en el balcón al oír la voz de su amado Zac. Al despertar se había encontrado con que su esposo no estaba ya en la cama, sólo había una delicada rosa blanca con una nota en la que le decía que había surgido algo de lo que tenía que encargarse y que la vería en el porche para desayunar.

Así pues, se había levantado, había colgado el vestido de novia con extremo cuidado y, tras una refrescante ducha, se había puesto lo primero que había encontrado, un colorido vestido de verano que le caía sobre el cuerpo con suavidad. Con el pelo suelto y un ligero toque de perfume en el cuello, había ido en busca de Zac, sin haber podido deshacerse aún de la confusión y el brillo en la mirada que había dejado en ella la increíble noche que había pasado con él.

Su esposo no estaba en el porche, así que se dirigió al balcón cercano en el que se habían besado la noche anterior, preguntándose qué habrían pensado la familia, los amigos y los compañeros de trabajo de Zac al ver que habían desaparecido.

Pandora cerró los ojos, avergonzada. Ni siquiera se habían quedado a cortar el pastel. Pronto tendría que enfrentarse a las miradas de la familia de Zac, la idea de comer con ellos le provocó un escalofrío de nerviosismo.

El sonido de las voces la hizo detenerse en seco junto a la puerta del balcón. Desde allí podía ver a dos hombres de espalda, Zac y otro al que no le veía la cara. Enseguida se giró levantando una copa de champán y Pandora reconoció a Dimitri, el primo y padrino de bodas de Zac, que era también su abogado.

Dimitri había preparado aquel complejo acuerdo prenupcial y había estado presente durante la firma hacía tres días. Desde un principio Pandora había preferido no decir que creía que no era necesario ningún tipo de acuerdo legal entre Zac y ella; sabía que su esposo era un hombre de negocios y que su padre también esperaría que hubiera algún tipo de documento. Unos abogados de Londres habían revisado el borrador en su nombre, pero sólo habían hecho algunos cambios sin importancia.

No obstante, Pandora no necesitaba de ningún documento para sentirse segura. Lo que hacía que se sintiese segura era el amor de Zac.

Se quedó en el balcón unos segundos más sin saber qué hacer a continuación. No le apetecía lo más mínimo entrar en aquella habitación y encontrarse con la mirada de Dimitri sabiendo que él también se habría dado cuenta del modo en que habían desaparecido de la fiesta la noche anterior. Por otra parte, deseaba entrar, darle los buenos días a Zac y hacerle ver el amor que había dentro de ella.

A través de las cortinas entreabiertas veía a Zac, estaba increíblemente guapo.

–Pensé que nunca la encontraría, Dimitri –lo oyó decir–. Creo que tenemos motivos de sobra para celebraciones.

–Sí, has tenido mucha suerte. Además es preciosa, sinvergüenza.

Pandora sonrió. ¡Hombres! El amor no era suficiente, hacía falta también la belleza. De todas maneras le emocionaba oír el alivio que se percibía en Zac al decir que pensaba que nunca la encontraría. Se sentía aliviado de haber encontrado por fin alguien a quien amar.

Ella también sentía lo mismo.

El día anterior le había dicho que creía que era perfecta. Ella, por supuesto, no estaba de acuerdo. Él era el perfecto. Ella sólo era muy afortunada de...

–Está hecho... por fin. Ya no hay vuelta atrás –había algo en el tono de voz de Zac que interrumpió sus pensamientos e hizo que no entrara en la habitación, sino que se quedara allí, escuchando lo que decía–: Nadie mejor que tú sabe cuánto me ha amargado la vida esa profecía.

–Lo sé, primo. Pero es la tradición. Una tradición que debe cumplir el heredero de la familia Kyriakos.

Pandora escuchó con atención. ¿Qué profecía? ¿Qué tradición? ¿De qué demonios estaban hablando?

Dimitri seguía hablando, de pie de espaldas a la puerta de cristal que daba al balcón.

–Estamos en el siglo XXI, cualquiera creería que la familia y el público se olvidarían de una vez de todo esto.

–No pueden –respondió Zac con un suspiro–. Ni yo tampoco. El riesgo es demasiado alto.

–Supongo que te refieres a la posibilidad de que cayeran los precios de las acciones de la empresa, ¿no?

–Sí, eso también.

Pandora se acercó un poco más. ¿Qué tenía que ver cualquier tradición con el precio de las acciones? Por un momento se le pasó por la cabeza abrir la puerta y pedirles una explicación, pero algo la retuvo. Algo que le encogía el estómago.

También podía darse media vuelta y largarse de allí como si no hubiera oído aquella conversación. Quizá fuera lo mejor porque tenía miedo de lo que pudiera oír. Sí, podía volver por donde había venido y entrar a la habitación por el pasillo, por donde pudieran oírla. Podría mirar a Dimitri y fingir que Zac y ella no se habían marchado corriendo de la fiesta para consumar su matrimonio. Podría fingir que no había oído nada sobre una profecía que obsesionaba a Zac. ¿Y después qué?

Nunca sabría de qué se trataba…

¿Cómo podría preguntárselo después? ¿Cómo podría sacar el tema en una conversación? «Por cierto, Zac, háblame de la profecía. Ya sabes, ésa que creías que nunca podrías cumplir».

Se había casado con un hombre cuyos secretos no conocía.

No.

Quería y necesitaba saberlo. Aunque no todo fuera bueno. Zac la amaba y por eso no tenía nada que temer. Se había casado con ella ante una multitud, haciendo público el amor que sentía por ella. El miedo empezó a disminuir.

Había sido una tonta por dejar que aquella conversación le hiciera temer una especie de conspiración.

Al oír que los pasos se acercaban, Pandora se alejó de la puerta, aterrada ante la posibilidad de que la descubrieran allí. ¿Cómo explicaría qué hacía allí escuchando a escondidas? Hizo un esfuerzo por controlarse y ser razonable. Por el amor de Dios, no había nada siniestro en lo que estaban hablando.

Sin embargo seguía teniendo esa estúpida sensación en la boca del estómago…

–Dios... era tan difícil encontrar una mujer virgen, y

además guapa... Pero has tenido mucha suerte y lo cierto es que esta mañana he sentido envidia de ti.

¿Una mujer virgen? ¿Qué quería decir Dimitri? Estaban hablando de ella.

Entonces lo comprendió todo. Dios, qué ciega había estado. Por eso se había casado Zac con ella, no porque la amara, sino porque necesitaba casarse con una virgen.

–Te recuerdo que estás hablando de mi mujer, Dimitri. Ten cuidado –le advirtió Zac con una ferocidad que no sirvió para tranquilizar a Pandora o mitigar el amargor que sentía en la garganta.

Ya había oído suficiente. No podía entrar ahí y enfrentarse a Zac y a su primo. No podía hablar con ellos de algo tan íntimo como su virginidad.

Pandora agachó la cabeza y se dio media vuelta. Comenzó a caminar más y más deprisa hasta que finalmente echó a correr.

La tercera puerta por la que pasó Pandora estaba abierta y daba a un dormitorio. Pandora entró en la habitación y cerró la puerta con cerrojo antes de apoyar la cabeza sobre ella.

¿Qué iba a hacer?

–¿Puedo ayudarte?

Aquella dulce voz procedía del interior del dormitorio. Pandora levantó la cabeza y se dio media vuelta. La delgadísima mujer de melena castaña que la miraba con una sonrisa en los labios le era completamente desconocida. La sonrisa no tardó en desaparecer y dejar paso a un gesto de preocupación.

–¿Va todo bien?

Pandora asintió débilmente. No podía contarle a

nadie lo que acababa de descubrir, y mucho menos a una completa desconocida.

–Sí, de verdad.

«La verdad es que el mundo entero acaba de venírseme abajo».

Pero no podía decir eso, tenía una imagen que mantener. Y una posición que ocupar, la de esposa virgen de Zac Kyriakos.

–Lo siento... no debería haber entrado aquí –dijo finalmente.

La joven le tendió una mano.

–No te preocupes. Soy Katerina, pero todo el mundo me llama Katy.

Katerina... *Katy*.

Pandora miró a aquellos ojos verdes que le resultaban tan familiares, eran más cálidos, pero tenían exactamente el mismo color.

–Eres la hermana de Zac.

–Sí, y tú su mujer –volvió a sonreír–. Eres guapísima. Mi hermano tiene muy buen gusto. No me perdonará que me haya perdido la boda –la sonrisa tembló ligeramente–... pero espero que tú sí me perdones. Estaba deseando conocerte. Acabo de llegar de Atenas.

–Claro que te perdono –Pandora se fijó en el hoyuelo que le salía a un lado de la boca... igual que el de Zac–. Y estoy segura de que Zac también lo hará.

–Puede ser –el hoyuelo apareció con más fuerza–. Tienes mucha suerte, Pandora. Te aseguro que es el mejor hermano del mundo. Espero que tú y yo seamos amigas.

Pandora sintió simpatía por aquella mujer de manera instantánea.

–Por supuesto.

–¡Genial! –Katy sacó un pintalabios de un pequeño bolso de lentejuelas, lo destapó y se lo pasó por los labios–. Mejor así –dijo al mirarse al espejo–. Mi marido no entiende por qué las mujeres queremos estar siempre perfectas –le lanzó una mirada de cómica complicidad–. Siempre se empeña en quitármelo a besos.

–¿Está aquí? –Pandora miró a su alrededor, pero no vio nada que delatara una presencia masculina.

Zac le había dicho que no era fácil estar casada con un hombre como el marido de Katy. ¿Acaso no había querido que Katy asistiese a la boda?

–Ya me gustaría que estuviese –respondió Katy con tono melancólico.

Pandora se preguntó si el problema estaría entre Katy y su marido o entre Zac y él. Quizá Katy se encontrara entre ambos, dos griegos dominantes. Era evidente que adoraba a su hermano y que echaba de menos a su marido.

Tenía suerte, su marido la amaba. Pandora echó a un lado de inmediato la amarga envidia que sintió por un instante y del mismo modo, hizo un esfuerzo por no sentir lástima de sí misma.

–Te llamaré la semana que viene y, si quieres, podemos comer juntas –le decía Katy.

Pandora asintió, algo más alegre.

–Encantada.

Katy se acercó y le puso una mano en el brazo.

–Parecías tan triste cuando has entrado… no dejes que nadie estropee lo que tenéis mi hermano y tú.

La realidad volvió de nuevo a su cabeza. ¿Qué tenían? Una farsa de matrimonio basado en mentiras… y en la ingenua creencia de que Zac la amaba.

¿De qué serviría huir? Tenía que encontrar a Zac y averiguar la verdad, saber si se había casado con ella porque la amaba o simplemente porque encajaba en el tipo de esposa que él necesitaba.

–No –dijo Pandora lentamente–. No dejaré que nadie estropee lo que tenemos –pero no pudo evitar pensar que en realidad ya estaba estropeado. Por culpa del engaño de Zac.

El despacho estaba vacío. Pandora encontró a Zac en el elegante cuarto de estar, sentado en un sillón de cuero bajo un cuadro de Chagall que le había llamado la atención la primera vez que había entrado en aquella habitación. Estaba leyendo el periódico.

–Tengo que hablar contigo –le dijo con el corazón en un puño.

Zac levantó la mirada y una sonrisa suavizó los fuertes rasgos de su rostro.

–Buenos días, esposa.

–¿Te parece que es un buen día? –preguntó ella enarcando las cejas y sonriendo fríamente.

Él sonrió aún más, con una satisfacción típicamente masculina que hizo que le brillaran los ojos.

–Dímelo tú.

–No estoy segura.

–¿No? Ven aquí, te lo demostraré. Anoche... –empezó a susurrar al tiempo que la agarraba del brazo para después sentarla en su regazo–. ¿Es que anoche no te convencí? Tendré que hacer algo al respecto.

Pandora se derritió en sus brazos. El suave susurro de su voz acariciándole el oído y la presión de su pecho contra ella estuvieron a punto de hacer que olvidara todas las preguntas que había ido a hacerle. A punto.

–Eres preciosa –le dijo dándole un beso en la mejilla–. Por ahora tendremos que conformarnos con un beso, no tenemos tiempo de ir al dormitorio. Mi familia llegará en cualquier momento. Acércate, deja que te adore con mis besos...

–¡Basta, Zac! –giró la cara justo antes de que la boca de Zac aterrizara en sus labios–. No es necesario que hagas nada de eso.

Zac se quedó inmóvil.

–¿Qué quieres decir?

Pandora se sentó recta, tan recta como pudo estando sobre él.

–Lo sé, Zac.

–¿Qué es lo que sabes?

Lo observó unos segundos, analizando su reacción antes de decir nada más.

–Todo.

–¿Todo?

–Sé lo de la profecía y lo de que tenías que casarte con una virgen.

–¿Y? –preguntó él–. ¿Qué más sabe? Seguro que eso no es todo.

Pandora respiró hondo antes de continuar.

–Sé que no me amas.

Zac la miró fijamente al oír aquello.

–¿Y por qué crees eso?

–Porque nunca me has dicho que me amaras. No me había dado cuenta...

–Pero...

–Deja que termine –le pidió con tono firme–. Lo has hecho tan bien que no me había dado cuenta de que nunca me habías dicho que me quisieras. Dios, qué tonta he sido.

–Te he dicho mil veces que...

–Sí, pensemos en todo lo que me has dicho. «Eres preciosa, Pandora. Me encanta tu pelo. El brillo dorado me recuerda a...»

–A la arena del mar –terminó él al tiempo que le retiraba un mechón de la cara–. Y es cierto. Es tan suave y tan claro.

Pandora le apartó la mano y se puso en pie.

–También me dijiste que te encantaba mi energía, ¿verdad?

–Nunca dejas de moverte, es increíble. Tienes unas manos pequeñas y sin embargo se mueven con mucha fuerza mientras hablas. Incluso ahora, estando enfadada.

Ella apretó los puños y los ocultó de su vista poniéndoselos en la espalda.

–Y también te gusta mi risa, ¿no?

Zac asintió con mirada cauta.

–El sentido del humor es muy importante en el matrimonio.

–También me dijiste que te encanta cómo te hago sentir.

–Desde luego.

–Pero nunca me has dicho «te amo, Pandora». Pero con todas esas cosas que me decías, no me paré a pensarlo –«hasta ahora»–. Nunca se me ocurrió que fuera una estrategia para...

–Espera un momento –Zac se puso recto en el sillón y se pasó las manos por el pelo.

Pandora estaba acostumbrado a verlo relajado y de buen humor, sin embargo ahora tenía el ceño fruncido y el pelo despeinado.

–Dilo, Zac.

Él la miró sin dar crédito a lo que oía.

–Estás de broma, ¿no?

–No es ninguna broma. Estoy esperando, Zac.

Soltó una corta y fría risotada y después se encogió de hombros.

–¿Todo esto por dos palabritas?

–Te he oído hablar con Dimitri, sé que tenías que casarte con una mujer virgen. En estos momentos necesito oír esas dos palabras.

–¿Qué importancia tiene? –se puso en pie y se quedó frente a ella, mirándola desde su impresionante altura–. Estamos casados. Somos compatibles en todos los sentidos. ¿Tienes una idea de lo difícil que es eso? Tú entiendes mi mundo, lo cual es muy importante para mí. Nos interesan las mismas cosas, tenemos el mismo sentido del humor. Y en cuanto al sexo… bueno, la verdad es que es mejor de lo que jamás habría podido esperar.

–¡Qué suerte tienes! Yo sin embargo me siento engañada –añadió con furia–. ¿Cuándo pensabas decírmelo, Zac?

Él bajó la mirada.

–No ibas a decírmelo, ¿verdad? Pretendías dejar que viviera en las nubes, pensando que estaba viviendo la gran historia de amor –se dio media vuelta para que él no pudiera ver el dolor que eso le provocaba.

–Espera.

–¿Que espere? –se echó a reír y lo miró de nuevo–. ¿Para qué? ¿Para qué vuelvas a burlarte de mí?

Zac miró aquellos ojos claros y llenos de ira, los mismos ojos que lo habían cautivado desde el primer momento que la había visto. Le pareció ver dolor bajo su furia.

Quería que le dijese que la amaba.

Tomó aire. Dios, ¿qué se suponía que debía hacer?

–Mi familia estará aquí enseguida. Dejemos esta discusión para más tarde –nada más pronunciar la última palabra se dio cuenta de que no era eso lo que debería haber dicho, su ira creció hasta que empezaron a brillarle los ojos con un frío destello de plata.

–¿Tu familia? ¿Qué me importa a mí tu familia? Llevo casi una semana intentando que me los presentaras, pero siempre me dabas un motivo para no hacerlo. Y yo, estúpida de mí, me sentía halagada pensando que querías estar a solas conmigo. Pero me he estado engañando todo el tiempo, ¿verdad? Lo que ocurría era que no querías que los conociera por si a alguien se le escapaba que tenías que casarte con una virgen.

–No es eso –respondió débilmente.

–¿Qué es entonces? Explícamelo, Zac. Cuéntamelo con palabras sencillas que incluso una tonta como yo pueda entender. ¿O es que no puedes utilizar palabras cortas y normales como «te quiero»?

Zac parpadeó ante tal ataque.

–Tú no eres ninguna tonta...

–¡Vamos, Zac! No me vengas con ésas. Me has engañado como a una tonta, así que no me digas que no lo soy. Me has hecho creer que me querías. Dios, no puedo creer lo ingenua que he sido. ¿Por qué ibas a enamorarte de mí?

–Porque eres joven, hermosa y...

–¿Y virgen? –añadió ella con una triste sonrisa y al ver que no respondía, siguió diciendo–: ¿Qué más da que sea joven y guapa? ¿Qué importancia tiene el aspecto? Eso no tiene nada que ver con cómo soy por dentro. Buena o mala, supongo que no te importaba siempre y cuando fuera guapa, virgen y estúpida.

Por un momento sintió ganas de echarse a reír al ver lo bien que había utilizado sus propias palabras para atacarlo, pero el gesto de su rostro le hizo pensar que no le gustaría.

–Pandora –le agarró la mano–. Yo no...

En ese momento se abrió la puerta y apareció Katy.

–Zac, la gente está empezando a llegar –anunció su

hermana y después se llevó la mano a la boca al darse cuenta de que había interrumpido algo importante–. Os dejo, pero me temo que tienes que bajar pronto.

–Katy, quiero presentarte a...

Pero ya se había marchado.

–No te preocupes, ya me he presentado yo sola. Dime, ¿también ella sabe que soy virgen?

Zac respiró hondo e hizo un esfuerzo para obviar tal comentario.

–Mi familia está aquí y no quiero que se sientan incómodos. Te lo pido por favor, haz como si no hubiera ningún problema entre nosotros. Por favor.

–¿Igual que tú hiciste como si me quisieras?

Zac cerró los ojos unos segundos.

–Mi familia es muy importante para mí y no quiero que se den cuenta de nada, sobre todo al día siguiente de la boda. Te prometo que hablaremos de todo esto después.

–¿Cuándo? –preguntó con evidente desconfianza.

–En cuanto se vayan. Finge durante dos horas, es lo único que te pido.

–¿Dos horas? –repitió ella mirándolo con furia–. Está bien. Pero después hablaremos.

Zac respiró aliviado.

–Gracias, no lo lamentarás.

–Eso espero.

El modo en que lo miraba hizo que sintiera remordimientos. Había dolor en sus ojos, ¿o eran lágrimas? Dios, no debería haberse enterado.

La comida terminó por fin. Pandora miró el enorme pastel de bodas mientras apretaba el enorme cuchillo de plata. Zac tenía la mano sobre la suya.

–Tienes las manos heladas –le dijo al oído.

¿Sus manos? ¿Y el corazón? Latía con fuerza a pesar de estar hecho añicos. Cada vez que pensaba en el modo que Zac la había engañado sentía un frío helador en el cuerpo. Zac no la amaba, nunca lo había hecho; sólo se había casado con ella porque creía que era la perfecta novia virgen.

Perfecta.

De pronto odiaba esa palabra.

–Pide un deseo –susurró él.

Su respiración le acarició la mejilla y por un momento, volvió a sentir el mismo deseo que siempre despertaba en ella.

«Por favor, Dios, que todo esto se solucione de algún modo», pidió justo antes de sumergir el cuchillo en el pastel.

–Luego te digo lo que he pedido –le dijo Zac con voz cálida y sensual.

¿Luego? Qué arrogante era. ¿Cómo era posible que pareciera tan sincero y cariñoso? Pero ya no era posible, ya no había ningún futuro para ellos.

En cierto modo, Pandora habría deseado seguir en la ignorancia, no haber descubierto la verdad. Sin duda era mejor que el terrible vacío que ahora la llenaba. Pero, ¿de qué serviría eso? Sólo estaría engañándose. Fingiendo, igual que estaba haciendo durante aquella comida.

–Sonríe –la voz de Zac se coló en sus pensamientos.

Pandora miró a la multitud que estaba allí reunida. Katy le sonrió de lejos, desde detrás de una cámara con la que iba a sacarle una foto. Hizo un esfuerzo por sonreír.

No, aquélla no era su vida. La idea de cómo sería su vida de casada resultaba desoladora; una sucesión de engaños, siempre fingiendo para guardar las apariencias en público. Eso sería su vida si se quedaba con Zac. Pero no tenía por qué quedarse junto a un hombre que sólo estaba con ella porque era virgen.

¿Fingir?

Nunca. Zac estaba a punto de descubrir el tremendo error que había cometido.

–Estupendo, has hecho las maletas.

Pandora miró a Zac, que la observaba desde la puerta del dormitorio conyugal, ataviado con un elegante traje de verano.

–Me marcho, Zac. El cuento de hadas se ha acabado –levantó la maleta que tenía sobre la cama–. Creo que lo mejor es que pidamos la anulación.

–¿La anulación? –Zac la miró con los ojos abiertos de par en par–. No es posible pedir la anulación de un matrimonio que ya ha sido consumado.

Pandora levantó la cabeza con dignidad.

–Entonces quiero el divorcio. No voy a seguir casada con un hombre que no me ama.

Su rostro se ensombreció levemente.

–Pandora…

Ella dio un paso hacia la puerta… hacia él.

–No, ya te he dado las dos horas que me pediste. No vas a convencerme…

–No podemos divorciarnos.

Se detuvo en seco y lo miró a los ojos.

–¿Qué quiere decir que no podemos divorciarnos? Tú no eres el hombre con el que me casé ayer; ese hombre jamás habría fingido que me amaba. Quiero el divorcio.

Su rostro se endureció, pero en lugar de responder

a sus desafiantes palabras, habló al sirviente que tenía a su espalda.

–Llévate el equipaje, Aki.

–Espera un momento. Ésas son mis maletas y mi…

–Has dicho que te marchabas. Aki te bajará el equipaje.

¿Eso era todo lo que iba a decir? Pandora miró su rostro de expresión inescrutable. Duro. Distante. Nada que ver con el hombre con el que se había casado. Abrió los labios, pero no salió ninguna palabra de su boca.

¿Todo iba a acabar tan fácilmente?

Lo cierto era que había esperado cierta resistencia. Una tremenda sensación de tristeza y decepción se apoderó de ella. Aki agarró las maletas y se dirigió al piso de abajo. Pandora se dio media vuelta para recoger el chal de seda y el bolso que aún tenía sobre la silla y que había estado a punto de dejarse en mitad de aquel desastre. Echó un vistazo al interior del bolso, estaba todo, su cartera, el teléfono móvil y el pasaporte.

Intentó mantener la espalda erguida, tenía un nudo en la garganta pero no iba a dejar que Zac la viera llorar. Lo último que deseaba en el mundo era que supiese cuánto lo amaba, cuánto le dolía que se hubiese rendido tan fácilmente y hubiese aceptado su petición de divorcio sin protestar siquiera. Así que habló con toda la ira que también sentía.

–Tengo que llamar al aeropuerto para reservar un asiento.

Zac no respondió de inmediato.

–Está todo arreglado.

–¿Ya? –al darse media vuelta, lo encontró justo detrás de ella.

–Yo mismo te llevaré al aeropuerto si eso es lo que

quieres –le puso la mano en el brazo–. Pero antes tenemos que hablar. Tranquilamente, sin interrupciones.

–Podemos hablar de camino al aeropuerto –Pandora apartó el brazo de su alcance y miró a su alrededor al inmenso dormitorio, el mismo en el que habían hecho el amor apasionadamente y él le había enseñado su poder como mujer. Algo que jamás había sospechado siquiera.

Pero no, no podía pensar en la noche anterior ni en cómo se había dejado engañar por aquel tierno amante.

Así pues, Pandora se dio media vuelta y se dirigió hacia la puerta. Salió de allí sin mirar atrás y sin poder dejar de llorar.

Una vez en el piso de abajo sintió una enorme desolación. No había nadie, a nadie le importaba que se fuera. Pensó en preguntar por Katy, pero enseguida cambió de idea. ¿Para qué? Ya no volvería a ver a la hermana de Zac.

Tampoco había nadie afuera, excepto Aki.

–¿Dónde está el taxi? –le preguntó a Zac, que había salido tras ella.

–*Christos.* ¿De verdad crees que voy a dejar que mi esposa se marche en taxi como una vulgar...? –no terminó la frase, pero Pandora lo entendió. Después se acercó a ella y la agarró de la mano–. Ven.

No le quedó más remedio que ir con él hasta el césped que se extendía frente a la casa. Aki desapareció de inmediato. Al otro lado de ese césped y de una hilera de cipreses, se encontraban las puertas de la propiedad. Hasta ese momento, Pandora no se había dado cuenta de cuánto se asemejaban a las rejas de una cárcel.

–¿Dónde vamos? –le preguntó, pues seguían caminando hacia dichas puertas y por un momento se le pasó por la cabeza que fuera a echarla de allí. Pero no era posible, le había dicho que quería que hablaran.

–Te llevo a un sitio donde podamos estar solos y podamos solucionar todo esto… este malentendido.

–De eso nada. Quiero que me lleves al aeropuerto, tenemos tiempo de sobra para hablar de camino allí.

–Eres mi esposa y yo…

Un zumbido ensordecedor le impidió oír el final de la frase. Entonces Zac la agarró del brazo, Pandora se resistió, empeñada en no dejar que la avasallara. A pesar del ruido, se dio cuenta de que le estaba gritando algo.

–¿Qué? –le preguntó con furia.

–¡Agáchate!

La enorme sombra de un helicóptero pasó por encima de ellos y Pandora por fin dejó que Zac la llevara a un lado.

Aki estaba allí de nuevo con otra tanda de maletas, pero aquéllas eran de Zac. En cuanto aterrizó el helicóptero, Pandora vio que Aki empezaba a meter el equipaje en la enorme máquina… el equipaje de ambos. Aquello no encajaba con la idea de que Zac la llevase al aeropuerto.

El helicóptero llevaba dibujado el logotipo de la empresa Kyriakos y, por primera vez, Pandora vio lo que realmente representaba aquella estilizada figura femenina de pelo largo. Una mujer virgen.

Un sudor frío le empapó la frente y la nuca.

–No voy a ir a ninguna parte contigo. Y menos en ese… en esa endiablada máquina –añadió señalando el helicóptero–. Quiero un taxi para ir al aeropuerto. Y quiero el divorcio.

–Eso no es posible.

El rostro bronceado de Zac parecía tremendamente duro. Inescrutable. Aquél no era el hombre del que se había enamorado. Era alguien completamente diferente. Un completo desconocido, tan duro que Pandora temió que pudiera hacerla pedazos.

Del mismo modo que ya le había roto el corazón.

–¿Cómo he podido casarme contigo? Te odio.

Algo cambió en su rostro durante un instante, pero después desapareció.

–Es una lástima porque nos vamos de luna de miel, para estar solos... como tú querías.

–¡De eso nada!

Zac la miró de arriba abajo unos segundos.

–Muy bien. No tengo nada que perder.

La agarró en brazos y la llevó hacia el helicóptero.

–No –gritó con miedo.

Pero él no hizo caso de sus protestas.

–¡Suéltame! –Pandora vio de reojo el rostro sorprendido de Aki mientras Zac la dejaba en el interior del helicóptero.

–Estate quieta.

–Eso jamás –prometió al tiempo que, ya dentro del vehículo, se derrumbaba sobre su regazo con los ojos llenos de lágrimas.

Zac le dijo algo al piloto y el helicóptero empezó a levantarse del suelo.

–¡Déjame salir! –gritó Pandora una y otra vez mientras golpeaba el pecho de Zac.

Se apartó el pelo de la cara y vio cómo la enorme mansión iba haciéndose más y más pequeña. De su boca salió un grito de rabia y de terror.

–Calla, estás haciendo una escena.

–¿Es eso todo lo que vas a decir? ¿Me secuestras y lo único que se te ocurre decirme es que me calle?

–Estás llorando –le pasó la mano por la cabeza.

–Claro que estoy llorando –dijo apartándose de su mano–. ¡No puedo creerlo! ¿Quién demonios te crees que eres?

En realidad sabía muy bien quién se creía. Zac Kyriakos, uno de los hombres más ricos del mundo. Tan poderoso que podía hacer lo que quisiese con ella. Nadie se interpondría en su camino.

Capítulo Cuatro

Cuando empezaron a descender, Pandora levantó el rostro y vio el sol brillando entre las nubes cercanas al horizonte por donde pronto se ocultaría. De pronto vio el suelo acercándose a toda prisa y sintió verdadero terror.

Iban a estrellarse.

Estaba a punto de morir. Hizo un esfuerzo por no gritar a pesar del pánico que sentía, pues sabía que si empezaba, no podría parar.

Apretó el chal entre los dedos como si fuera una especie de talismán. Cerró los ojos y trató de no pensar en lo impotente que se sentía, ni en lo que le estaba pasando y mucho menos en los restos de metal ardiendo que aparecían en sus peores pesadillas.

Finalmente el helicóptero rozó el suelo y, al comprobar que ya no se movían, Pandora sintió una rabia incontrolable. ¿Cómo se atrevía Zac a hacerle algo así?

Agarró el bolso y salió por la puerta en cuanto la abrió el piloto. A punto estuvo de caer al poner el pie en el suelo, sus piernas parecían no tener la fuerza necesaria para sujetarla.

–Tranquila –le dijo Zac poniéndole la mano en el brazo.

Ella se la quitó de inmediato.

–No me toques.

–Podrías haberte caído.

–Prefiero caerme a que me toques.

Se apartó del helicóptero agachando la cabeza por miedo a las hélices. Una vez a salvo de las hélices, se puso recta y sintió el viento del mar en la cara.

–No era eso lo que decías anoche. Anoche era todo «¡sí, Zac!»

Pandora se dio media vuelta y le lanzó una mirada dura como un cuchillo. En su rostro había una extraña sonrisa que no hizo más que enfurecerla aún más.

–Eso fue anoche –espetó–. Antes de descubrir que me habías engañado y utilizado. Te odio, ¿sabes? Nunca le había dicho algo así a nadie, pero ahora lo digo de verdad; te odio con toda mi alma.

Aquella sonrisa cínica se borró de su rostro y apareció un gesto de sorpresa que sólo duró un segundo. Después volvió a ensombrecerse sin reflejar la menor emoción.

–Contrólate, Pandora. Empiezas a parecer una histérica.

La frialdad de sus palabras y de su voz la dejó inmóvil y, para su error, Pandora lo vio alejarse por la azotea en la que habían aterrizado. La angustia le retorció el estómago. ¿Cómo habían acabado así? ¿Qué había sido de la afinidad y la armonía que había habido entre ellos desde el principio?

¿Alguna vez le había importado lo más mínimo a aquel hombre? Quizá todo hubiese sido una farsa.

Antes de salir le había dicho que la llevaba a un sitio donde pudieran hablar, pero al mirar a su alrededor se encontró con un lugar del que no escaparía ni Rapunzel. Un lugar de altos muros blancos cuyos pies bañaba el mar. ¿Dónde demonios estaban?

Lo único que sabía era que aquel aislado paraje era donde Zac pensaba que tuviera lugar su enfrentamiento. Pandora apretó los dientes y se prometió a sí misma que no iba a dejarse avasallar. Ella también tenía mucho que decir. Se le revolvía el estómago sólo de pensarlo pero, ¿qué alternativa tenía? Lo único que le quedaba era hablar con claridad y firmeza.

Después volvería a casa, a Nueva Zelanda, tan pronto como pudiera y Zac Kyriakos podría irse al infierno con su hermoso rostro, su cuerpo perfecto y todo su dinero. Desde luego ella no iba a seguir casada con un hombre que no la amaba.

A unos metros de ella, Zac desapareció al otro lado de un arco que parecía conducir a un castillo o algo parecido. Muy a su pesar, Pandora fue tras él. Se detuvo en lo alto de una escalera de caracol que bajaba por una torre de muros también blancos. Zac estaba ya bastantes escalones más abajo, sus pasos retumbaban en la fría piedra.

–¿Y mi equipaje? –preguntó ella.

–Georgios se encargará de ello –respondió Zac sin dejar de bajar y ni siquiera aminorar el paso.

–Te odio.

Te odio. Te odio. El eco repitió sus horribles palabras más y más fuerte, hasta que Zac sintió ganas de darle un cabezazo a las paredes de la torre y ver cómo la piedra se venía abajo igual que lo habían hecho sus sueños.

Pero no podía hacerlo. Él era Zac Kyriakos, ese tipo de comportamiento no correspondía a un hombre como él, así que irguió la espalda con dignidad e intentó convencerse de que no era alivio lo que sintió cuando por fin oyó los pasos de Pandora en la escalera.

Estaba siguiéndolo.

Aminoró el paso ligeramente. Había habido un momento al bajar del helicóptero cuando había tenido dudas de que fuera a ir tras él, pero finalmente se había rendido. Zac se dijo a sí mismo que en todo momento había sabido que sería así.

Por mucho que lo odiase.

Zac estaba esperándola cuando Pandora salió por fin de la escalera de caracol y se encontró en un descansillo a cuya izquierda había una cocina sorprendentemente moderna y a cuya derecha pudo ver una enorme sala de estar.

–Por aquí –le dijo Zac con una voz fría y distante que le encogió el estómago.

Lo siguió hasta una especie de amplio porche acristalado y se quedó boquiabierta al ver la puesta de sol que tenían ante sí. Aquel lugar daba la sensación de libertad, de estar viendo el mundo desde la perspectiva de una gaviota.

Otro vistazo a su alrededor le descubrió un par de sofás de piel color marfil y una mesita de madera en el medio. Una inmensa alfombra le daba a la habitación un toque cálido y acogedor; excepto dicha alfombra, todo era blanco o de colores muy claros, nada competía con el impactante espectáculo del cielo y del mal, convertidos en oro gracias a la puesta de sol.

Nada salvo el hombre que Pandora tenía al lado.

Lo miró de reojo sólo unos segundos para después apartar los ojos frunciendo el ceño. ¿Estaba ofendido porque no quisiera estar a su lado? ¿Porque le había dicho que lo odiaba? Pero, ¿qué esperaba después del modo en que se había comportado?

La había secuestrado y la había metido a la fuerza en ese monstruo volador.

–Hacía muchos años que no subía a un helicóptero

–dijo ella con la voz temblorosa por los nervios y la angustia.

Él se puso las manos en las caderas y la miró detenidamente, con toda su arrogancia.

–La verdad es que no me importa cuándo fue la última vez que volaste.

–¡Dios, te odio!

Pandora sintió ganas de quitarle de una bofetada aquella máscara de arrogancia, pero le temblaban tanto las manos que no creía que pudiera hacerlo. ¿De dónde había sacado la idea de que aquellos ojos fueran tiernos o cariñosos? ¿De que su boca denotaba pasión? ¿O, peor aún, de que aquel desconocido la amaba?

La necesidad de hablar con claridad que había sentido hacía unos minutos desapareció de su mente. Zac no merecía la menor explicación de por qué Pandora había sentido tal terror. No merecía enterarse de... de lo otro que iba a contarle. La falta de consideración que estaba teniendo hacia ella le hacía perder cualquier derecho. No le debía absolutamente nada. Así pues, se limitaría a decirle lo que más iba a dolerle y después se marcharía de allí.

Con manos temblorosas, Pandora buscó el teléfono móvil en el interior de su bolso y, una vez lo encontró, lo agarró como si fuese su salvación.

–Voy a llamar a mi padre para poner fin a esta locura. Enseguida mandará a alguien a buscarme.

Zac miró el teléfono y negó con la cabeza.

–No hay cobertura en toda la isla.

–¿La isla? ¿Estamos en una isla? –alzó la voz hasta rozar la histeria que ya antes había mencionado Zac.

–Sí, se llama Kiranos y es mi refugio. Sólo mi familia más cercana conoce su existencia. Aquí es donde vengo a desconectar de todo; sin teléfono, sin guardaespaldas... sólo los placeres más sencillos de la vida –ahora había posado la mirada sobre ella con tristeza–. Nada más que paz y tranquilidad.

–¡No te creo! –volvió a mirar a su alrededor–. Eres demasiado importante como para estar tanto tiempo ilocalizable –Pandora detestaba el ligero tono de duda que había en su voz mientras pensaba que aquel Zac que le resultaba tan desconocido quizá hubiera buscado aquel lugar precisamente para estar completamente ilocalizable.

–Pues créelo. Los móviles son algo completamente inútil en Kiranos.

Kiranos... una isla. Trató de asimilar la terrible noticia. La había llevado allí para estar solos y poder hablar... lo que quería decir que nunca había tenido la menor intención de llevarla al aeropuerto.

Una isla. Al demonio con su plan de volver en el siguiente vuelo, a no ser que pretendiera llegar al aeropuerto a nado. Algo completamente imposible, a juzgar por lo que se veía desde aquella impresionante atalaya... mar y nada más que mar.

Estaba atrapada con aquel temible desconocido que resultaba ser su marido.

La única manera de salir de aquella enorme roca en mitad del mar era convencerlo de que la dejara marchar y para ello tendría que hablar.

Resopló con impaciencia y frustración.

–¿Y qué se supone que voy a hacer yo aquí?

–Relajarte, tomar el sol, mirarte el ombligo –la miró a través de sus larguísimas pestañas y añadió lánguidamente–. Hacer el amor...

Al oír aquello Pandora pegó un respingo y se le cayó el teléfono al suelo. Zac se agachó de inmediato a recogerlo.

–Estás loco. Eres un psicópata. Me secuestras, me metes en un helicóptero... ¿y ahora pretendes que hagamos el amor? Te...

–Me odias. Ya lo sé, pero empiezas a resultar un poco repetitiva.

Su sarcasmo no hizo más que enfurecerla aún más.

–No sabes nada y sin embargo te crees que lo sabes todo –para mayor mortificación, sintió que tenía los ojos llenos de lágrimas–. ¿Por qué, Zac? ¿Por qué te has casado conmigo? ¡Es evidente que no lo has hecho porque me amaras! ¿Por qué me has traído aquí con la estúpida excusa de hablar? ¿Por qué no dejas que me vaya? ¿Qué tiene de especial una mujer virgen en la época en la que vivimos, por el amor de Dios?

Zac la miró con un gesto completamente carente de expresión.

Pandora volvió a tragar saliva mientras hacía un titánico esfuerzo por no llorar. Quizá fuera mejor empezar a hablar cuanto antes.

–Cuéntame lo de esa profecía de la que hablabais antes Dimitri y tú –dijo, poniendo en práctica una nueva estrategia–. Estarás de acuerdo conmigo en que tengo derecho a saberlo.

–Está bien –admitió con un suspiro.

Dejó caer los hombros y, por un momento, Pandora lo vio tan desilusionado y cansado, que estuvo tentada de acercarse a abrazarlo. Pero enseguida recuperó el sentido común. ¿Por qué demonios sentía lástima por él?

Aquél era el hombre que se había reído de ella, que la había hecho creer que la amaba. El mismo hombre con el que se había casado el día anterior y después la había llevado a aquella isla en mitad del océano para hablar con ella. Muy bien, pues hablarían.

–Continúa –le dijo fríamente.

–Deja que primero traiga algo de beber.

Volvió unos segundos más tarde con dos vasos de agua con hielo que dejó sobre la mesita antes de quitarse la chaqueta.

Pandora no pudo evitar fijarse en el modo en que la camiseta se le ajustaba al torso. Apartó la mirada de inmediato y tomó un trago de agua.

–Ibas a hablarme de la profecía –le recordó.

–En realidad es una leyenda más que una tradición. Siéntate porque es largo.

Pandora se sentó en un sofá y Zac ocupó el de enfrente.

–Creo que te conté que mi bisabuelo restauró la fortuna de la familia después de la Primera Guerra Mundial.

Ella asintió con curiosidad.

–Orestes Kyriakos se casó con una rica princesa rusa y utilizó para de su riqueza para hacerse con una nueva flota de barcos para la naviera Kyriakos. Después de que se abriera el canal de Suez, Orestes siguió los pasos de Aristóteles Onassis y de Stavros Niarchos y construyó un nuevo superpetrolero para transportar crudo. Cuando mi abuelo, Sócrates, se hizo con el control de la empresa, continuó recibiendo encargos de construir más superpetroleros y, cuando comenzó la crisis del petróleo a principios de los setenta, Sócrates ya había entrado en el negocio del crudo. Creó tres refinerías que le dejó a mi primo Tariq, su madre se había casado con el emir de Zayed.

–No lo sabía.

–El otro nieto de Sócrates, Angelo, heredó tres islas y una serie de complejos hoteleros propiedad de Sócrates –hizo una pausa–. Pero me estoy apartando del tema. Mi padre carecía del toque mágico de los Kyriakos, de hecho perdió más dinero del que nunca consiguió ganar. Mi abuelo lo consideraba un vago y un vividor, por lo que me apartó de su lado y se hizo cargo de mí cuando yo tenía seis años. Según decía, no quiso que me contagiase de la pereza de mi padre, a quien consideraba tal deshonra para el buen nombre de los Kyriakos, que lo desheredó por completo. Se encargó de educarme para que no me convirtiese en un fracasado como mi padre.

–¿Y tu madre no se opuso a que te criaras con tu abuelo?

Zac la miró de soslayo antes de responder.

–Mi madre tenía una personalidad adictiva; siempre estaba entrando y saliendo de algún centro de desintoxicación. Tenía demasiados problemas con el alcohol como para ocuparse de mí. No era más que una niña cuando se casó con mi padre a los diecisiete años y se quedó embarazada muy poco después.

A Pandora se le encogió el corazón al pensar en la vida que debía de haber llevado Zac de niño.

–A excepción de mi padre, los hombres de la familia Kyriakos siempre han sido un símbolo de riqueza y perspicacia empresarial. Y siempre se los ha relacionado con mujeres hermosas –le lanzó una dura mirada que acalló cualquier posible protesta–. Se decía que Orestes había rescatado a aquella princesa rusa de la revolución bolchevique, aunque había otros que aseguraban que se la había robado a su padre… lo cierto es que su dote era una verdadera fortuna en joyas.

–Era muy hermosa –dijo Pandora, recordando el retrato que había visto en casa de Zac.

–Antes de ella hubo una rica heredera británica y la hija de un sha, además de…

–¿Y todas ellas eran vírgenes? –lo interrumpió Pandora.

Zac la miró detenidamente antes de responder.

–Sí. Lo que primero atrajo a los Kyriakos fue su inocencia y su pureza de espíritu hizo que siempre les fueran fieles.

–Venga, por favor.

–Es cierto –aseguró él–. Los Kyriakos jamás frecuentan otro lecho que no sea el conyugal.

–¿Ni siquiera tu padre?

–Mi padre fue una deshonra para la familia, pero ni siquiera él se atrevió a divorciarse de mi madre. En la familia Kyriakos no hay divorcios; la condición sagrada del matrimonio es la base de la leyenda. Una mujer pura de cuerpo y espíritu traerá la fidelidad de su hombre, herederos y riqueza.

–¿Y tú te crees todo eso?

–No importa si lo creo o no. Así es la leyenda y es lo que se espera de los miembros de la familia. Ningún Kyriakos merecedor de su nombre ha osado a incumplir dicha leyenda desde la Cuarta Cruzada. De esa época data el primer documento en el que se menciona la leyenda... el diario de un antepasado que rescató a la hija de un mercader de seda, una mujer de la que se dice que era inocente como un corderillo, más bella que Helena de Troya e inmensamente rica.

–¿Y qué le pasó a tu antepasado durante la Cuarta Cruzada? –muy a su pesar, Pandora empezaba a sentir verdadero interés por la historia.

–Se trasladó a Atenas, al lugar en el que ahora está mi casa. Mi antepasado salvó a la joven de un caballero que la trataba casi como una esclava... sólo la quería para poder pedir un rescate por ella.

–Así que tu antepasado se la llevó por su virginidad

y por su riqueza. ¿Qué te hace creer que ella lo amaba?

–Cuando se estableció en Atenas, que por aquella época era tan importante como Constantinopla, se hizo construir un castillo y, junto a él, una iglesia que sigue en pie desde el año 1205. En esa iglesia aún puede verse una inscripción que da cuenta del amor que sentían el uno por el otro.

Pandora lo interrumpió con rabia.

–¿Y te parece que el hecho de que tus antepasados secuestraran a sus mujeres te da derecho a secuestrarme? Pues estás muy equivocado. No tienes derecho alguno a...

–Pandora... –dijo al tiempo que iba a sentarse junto a ella–. Tienes razón. Esto no tiene nada que ver con mis antepasados. Tenemos que hablar de nosotros.

Pandora se quedó helada al sentirlo tan cerca, pero habló con firmeza.

–No quiero hablar de nosotros, el problema es quién eres tú y de dónde procedes.

–Dios –se pasó la mano por la cabeza y se dejó caer sobre el respaldo del sofá–. Lo dices como si fuera un extraterrestre que viniera de un universo paralelo.

–Puede que así sea –respondió, molesta y con frustración–. No alcanzo a comprender cómo un hombre moderno da crédito a tales supersticiones hasta el punto de esperar años y años para encontrar una mujer virgen con la que casarse.

–Jamás me habría casado contigo si no fueras también...

–Dime una cosa, Zac –volvió a interrumpirlo con evidente tensión–. ¿Acaso me habrías mirado siquiera si no hubiera sido virgen?

Hubo un largo silencio.

–No –respondió por fin–. Oí hablar de una muchacha que vivía en el otro extremo del mundo y que era bella e inocente y pensé que…

–¿Por eso viniste a Nueva Zelanda? ¿No fue para hacer negocios con mi padre? –volvió a alzar la voz sin darse cuenta, pero enseguida trató de controlarse y hablar con calma–. ¿Viniste a examinarme?

Otro momento de silencio.

–Fui a conocerte.

–¡Por el amor de Dios!

–Pero no habría seguido adelante ni te habría pedido que te casaras conmigo si no hubiese estado completamente seguro de…

–¡No puedo creerlo! –exclamó Pandora levantando las manos–. Estamos en el siglo XXI. La mayoría de la gente se casa porque quiere; por amor, para tener hijos o por otros motivos… Y yo me las he arreglado para dar con el único hombre en el mundo que cree que el matrimonio no tiene nada que ver con el amor. Un tipo que va en busca de una virgen porque es lo que exigen sus antepasados. ¡Es una locura!

–Para –le pidió sentándose muy recto, como estaba también ella.

¿Que parara? Ni siquiera había empezado aún. Abrió la boca para protestar, pero no consiguió hablar.

–Déjalo ahí –le dijo él–. Hablemos de por qué crees que no te amo.

–Vamos, Zac –se levantó del sofá y se alejó unos pasos de él–. No es necesario que sigas fingiendo.

–¿No? –preguntó él con tono enigmático mientras la observaba.

–No –Pandora lo miró de arriba abajo. Había llegado el momento de hablar con claridad. Después no le quedaría más remedio que dejarla marchar. Así pues, respiró hondo y comenzó a hablar–: De todas maneras, me parece que ha habido un malentendido.

–¿Qué malentendido? –le preguntó abriendo los ojos de par en par.

–Yo no llegué virgen a nuestra noche de bodas –anunció clavando la mirada en sus ojos con dignidad.

Zac se quedó completamente lívido. La sorpresa se reflejaba en su rostro con tal fuerza, que Pandora supo que no había posibilidad alguna de que no diese importancia al asunto.

No, jamás se habría casado con ella si hubiera sabido que no era virgen. La mirada acusadora de sus ojos lo dejaba bien claro. Aquella mirada supuso un tremendo golpe para Pandora. De repente se sintió muy cansada.

–Supongo que ahora comprendes por qué no tiene ningún sentido hablar de nosotros… o empeñarte en que me quede en esta isla.

Zac abrió la boca, pero no salió de ella palabra alguna. Su silencio sirvió de confirmación a sus sospechas.

–Entonces tengo razón –dijo ocultando el dolor que sentía–. No me amas ni lo has hecho nunca, simplemente fingiste hacerlo. Me has mentido, Zac.

–No eres la única que se siente engañada –dijo torciendo el gesto–. Tú tampoco has sido del todo sincera.

–¿En qué te he mentido yo? –preguntó con tono de exigencia.

–Me hiciste creer que habías vivido prácticamente recluida.

–¡Y así es!

–Sin embargo ahora me revelas que no eras virgen.

–¡Por el amor de Dios! –exclamó mirando al cielo–. ¿Cuántas mujeres vírgenes has conocido, Zac?

Él apartó la mirada.

–No tengo por qué contestarte a eso –dijo con un ligero rubor en el rostro.

–Te lo diré yo… ninguna.

Volvió a mirarla de nuevo.

–¿Cómo lo…? –dejó de hablar y se encogió de hombros.

–Es evidente, por eso te casaste conmigo, porque no pudiste encontrar a ninguna otra. Habrías tenido que casarte con una muchacha de quince años como un pervertido. Por eso me elegiste a mí porque, por algún motivo, te parecí la candidata perfecta.

Su rostro volvió a quedarse blanco como el alabastro de las estatuas de la Acrópolis a las que tanto se parecía.

–Un amante –dijo ella levantando un dedo tembloroso–. Ésa era toda mi experiencia hasta anoche.

Y había sido un terrible error.

Había sido una pobre tonta e inocente, pero no podía explicárselo a Zac, ya no era asunto suyo si a los diecisiete años se había enamorado como una loca por primera vez en su vida.

De nada servía hablar de eso, de lo que se trataba era de que Zac creía haberse casado con una virgen y era incapaz de ver más allá y darse cuenta de que la mujer que tenía delante lo amaba más que nada en el mundo.

Al ver que daba un paso hacia ella, Pandora dio dos hacia la puerta, pues no quería arriesgarse a caer en sus brazos.

–Aléjate de mí –le advirtió a pesar de lo mucho que deseaba sentir su amor–. No dejaré que me toques. Ni siquiera quiero estar en la misma habitación que tú.

Una vez dicho eso se dio media vuelta y salió corriendo de allí.

***

Al apurar el último trago de whisky Zac se dio cuenta de que se había bebido toda la botella en tan sólo unas horas. Se puso en pie a duras penas y fue hasta el enorme ventanal.

Su mujer lo estaba arrastrando a la bebida.

Pero, a diferencia de la noche anterior, Zac no bebía para reunir el valor necesario para ir a verla. Pandora no estaría esperándolo en el dormitorio. Dios, ni siquiera soportaba recordar el modo en que lo había mirado al decirle que no quería que la tocase.

A pesar de todo ello, de todo su rencor y de ir a dormir en habitaciones separadas, Zac no podía evitar morirse de deseo por ella al recordar su noche de bodas. La noche anterior, su bella esposa se había abierto a él con auténtica pasión.

Pero ahora lo odiaba.

Su esposa. Había estado tan ansioso por tenerla en sus brazos y sin embargo había esperado porque había querido que todo fuese perfecto.

Y lo había sido. La boda y aún más la noche de bodas. Se llevó la mano a la cabeza con desesperación. Pandora había respondido a sus caricias, pero su falta de experiencia había resultado evidente por lo que Zac no había tenido motivo alguno para pensar que no fuera virgen.

La noticia de que no había sido su primer amante lo había dejado destrozado. Su sueño había estallado en mil pedazos, sembrando el caos a su alrededor, un caos que no sabía cómo ordenar de nuevo. No había magia en el mundo que devolviese la virginidad a Pandora.

En su familia no había habido un divorcio en mil años; ni siquiera su padre había cometido tal pecado. Zac se frotó el rostro con ambas manos, tratando de borrar aquella espantosa idea de su mente. Le dolía la cabeza con sólo plantearse las opciones que tenía. ¿Una esposa mancillada? ¡Jamás! ¿El escándalo de un divorcio? No podía dejar marchar a Pandora.

Si la llevaba al aeropuerto, no volvería a verla nunca más. No volvería a abrazarla ni a acariciarla. Cerró los ojos para controlar las náuseas que le provocaba la idea de no volver a estar con ella. No, no dejaría que se marchase. No hasta que…

¿Hasta que qué? Agitó la cabeza con rabia. Dios, ni siquiera podía pensar con claridad. No sabía qué debía hacer. Echó mano del vaso sin darse cuenta de que ya estaba vacío. Después se dejó caer en el sofá y cerró los ojos.

Y rogó para que la habitación dejara de dar vueltas.

Capítulo Cinco

Al día siguiente, un ligero toque en la puerta sacó a Pandora de la duermevela en la que llevaba desde antes del amanecer. Se levantó de la cama inmediatamente y se quedó de pie, ataviada tan sólo con el camisón de satén.

¿Podría ser Zac? Pensó con el pulso acelerado. ¿Sería posible que hubiese ido a disculparse por no amarla, por haberla engañado o por todo el dolor que le había causado?

–¿Quién es?

En lugar de respuesta hubo otro golpecito en la puerta, algo más fuerte esa vez.

–Vete, Zac –dijo, enfadada.

Pero siguieron llamando y no le quedó más remedio que ir hasta la puerta con el corazón en un puño. Giró el cerrojo y abrió.

Pero no fue a Zac a quien encontró al otro lado. Era una mujer mayor en cuya mano se balanceaba la bandeja del desayuno, pues con la otra había estado llamando a la puerta. Debía de ser Maria, la esposa de Georgios. De su hombro colgaban su bolso y su chal.

Pandora trató de ocultar la exasperación y la desilusión que le provocaba el hecho de que no fuera Zac.

–Muchas gracias. Debí de dejármelos abajo anoche.

Maria no dijo nada, pero Pandora no se dejó desanimar por la dicha falta de simpatía y se esforzó en mirar la bandeja que le llevaba. En ella había un racimo de uvas negras, una tostada, mermelada y una tetera con su taza.

–Tiene un aspecto delicioso –aseguró antes de agarrar la bandeja.

Maria no la soltó fácilmente, por lo que por un momento Pandora llegó a pensar que no iba a dársela, pero entonces la mujer aflojó los dedos inesperadamente y Pandora le dio las gracias con una sonrisa.

Al darse la vuelta después de dejar la bandeja sobre la mesilla, Pandora vio a la mujer colocando el chal sobre la cama y parecía observarlo detenidamente.

–Es precioso, ¿verdad? Es mi chal preferido –comentó amablemente.

Pero tampoco entonces obtuvo respuesta de la mujer, que siguió estirando el trozo de tela.

–¿Es que Zac le ha pedido que no me hable? ¿Forma parte del secuestro? ¿Pretender hacerme sentir aislada para que acabe cayendo en sus brazos?

Nada. Ni siquiera una mirada. Pandora resopló con impaciencia.

–¿Sabe? Se puede conseguir mucho con un poco de amabilidad.

Maria se volvió a mirarla por fin y Pandora meneó la cabeza con gesto desdeñoso.

–Es usted muy maleducada –afirmó claramente y, al ver que tampoco entonces respondía, se encogió de hombros, fue hasta la puerta y le hizo un gesto inequívoco para que se marchara.

La mujer se puso muy seria y salió de allí con la mirada clavada en el suelo.

–Que tenga un buen día –le deseó Pandora cuando pasó junto a ella, pero tampoco entonces se dignó a responder.

En cuanto aquella bruja hubo salido, Pandora cerró la puerta y fue hacia su bolso, momento en el que se dio cuenta de que su móvil no estaba dentro. Recordó que el día anterior, cuando se le había caído al suelo al oír que Zac sugería que hiciera el amor para pasar el tiempo en la isla, él lo había recogido y no había vuelto a dárselo. La frustración no hizo sino aumentar.

Zac se había quedado con su teléfono.

Se acercó a la ventana resoplando como una fiera y abrió las cortinas de golpe. Le extrañó que el sol brillara con tanta fuerza, por lo que miró al reloj y descubrió que era casi mediodía. Se metió en el baño a lavarse y se vistió sin más dilación.

Después colocó una butaca frente a la ventana y se sentó a comer la fruta que Maria le había llevado. Acababa de terminarse las uvas cuando empezaron a llamar a la puerta de nuevo. Un segundo después vio cómo se giraba el picaporte, pero el cerrojo seguía echado.

–Abre el cerrojo –le ordenó Zac desde el otro lado.

–Vete de aquí, Zac.

–Abre ahora mismo –insistió él.

Pandora miró a la puerta con rabia y de pronto oyó un fuerte golpe, como si estuviera tratando de echarla abajo. Sólo esperaba que se hubiera hecho daño.

–Para, Zac.

–Abre la maldita puerta o la tira abajo.

Para su propia vergüenza, sintió cierta excitación al imaginarse a Zac tirando la puerta abajo. ¿Qué demonios le pasaba?

–Si haces algo semejante, perderé el poco respeto que te tengo ahora mismo.

Hubo un largo silencio tras el cual lo oyó tomar aire.

–Has ofendido a Maria.

Aquello la pilló completamente desprevenida.

–¿Yo la he ofendido a ella? –repitió sin dar crédito a lo que oía. ¿Y qué había de sus sentimientos?

Finalmente se puso en pie y fue a abrir la puerta. Le sorprendió ver el aspecto que tenía Zac, estaba demacrado, pálido y tenía los ojos rojos.

–¿Estás enfermo? –le preguntó sin pararse a pensar.

–¿Por qué? –respondió él con cautela.

–Tienes muy mala cara.

Él bajó la mirada de inmediato y farfulló algo parecido a:

–Me siento fatal.

–¿Qué?

–No importa. Lo que importa es que Maria está muy ofendida.

–¡La ofendida soy yo! Esa mujer es muy maleducada.

–No hables tan alto –le pidió cerrando los ojos con gesto de dolor.

–¡Tienes resaca! –lo acusó ella.

Zac parpadeó, pero no lo negó.

–Tendrías que haberla visto. Ha sido maleducada e insolente; ni siquiera me ha saludado.

–No es culpa suya…

–Claro que es culpa suya –lo interrumpió acaloradamente, pero entonces lo miró con gesto de sospecha–. A no ser que tú le pidieras que se comportara de ese modo.

–Yo no le pedí nada. Pero debería…

–Deberías decirle que sea más educada conmigo. Al fin y al cabo, soy tu esposa –añadió con algo más de suavidad.

Zac la miró como si nunca antes la hubiera visto.

–¿Por qué ibas a merecer el respeto de Maria si tú no le has mostrado ninguno? Me ha dicho que le has abierto la puerta, pero has hecho que se sintiera incómoda en tu habitación y que, cuando se ha ido, has cerrado con un portazo. Esa mujer lleva toda la vida conmigo, cuidó de mí cuando vivía en Atenas con mi abuelo y mientras mi madre se emborrachaba hasta matarse –los ojos le brillaban con fuerza–. Jamás habría creído que fueras una niña rica y consentida.

–Yo no soy nada de eso. Ella ha sido muy maleducada conmigo; fue ella la que no me dirigió ni palabra, dándome la espalda continuamente –sonaba ridículo y era evidente que aquella señora era muy importante para Zac–. Escucha, puede que esté preocupada porque ahora estés casado –trató de explicar–. Es posible que ninguna mujer le parezca lo bastante buena para ti, pero no tenía por qué...

–Es sorda.

–¿Qué? –Pandora lo miró boquiabierta y de pronto recordó la escena segundo a segundo–. Dios, ahora me siento fatal.

–Es culpa mía –admitió Zac–. Yo suelo hablarle por señas. Sabe leer los labios, pero sobre todo en griego. Debería haberte avisado de que tenías que hablarle muy claro y muy despacio, pero no me di cuenta. Ni siquiera pensé en su... discapacidad.

–Le pediré disculpas inmediatamente –dijo ella, pero enseguida lo miró con la cabeza bien alta–. Pero tienes razón, deberías haberme avisado. ¿Qué crees que pensará Maria de que el muchacho que ella misma crió haya secuestrado a una mujer?

–No puedes decirle eso.

–No, supongo que no, puesto que es sorda y sólo sabe leer los labios en griego –respondió con una triste risa–. Lo tienes todo pensado, incluyendo la carcelera sorda.

–Kiranos no es una cárcel.

–Sin embargo yo me siento como si estuviera en una. A menos que tengas intención de llevarme al aeropuerto –añadió, aunque por primera vez no estaba del todo segura de querer marcharse porque después de eso, su matrimonio habría acabado por completo. Zac no volvería a mirarla con ese brillo en los ojos, no volvería a tocarla ni a hacerla derretir con sus caricias...

Dios, tenía que dejar de pensar en... el lado sexual de su relación.

Zac esquivó su mirada.

–Te dejaré marchar cuando esté preparado para ello.

Aquella respuesta volvió a provocar la ira de Pandora.

–Y te preguntas por qué digo que te odio.

Los ojos que la miraron tenían un color verde y sin expresión.

–Tú no me odias.

Pandora se apresuró a hablar antes de que él descubriera el vergonzoso deseo que trataba de ocultar con gran esfuerzo:

–¿Por qué no habría de odiarte? Eres arrogante, mentiroso y taimado. Hablas de tus nobles antepasados y de cuánto amaban a las mujeres con las que se casaron, pero sin embargo tú me secuestras y no me dejas que vuelva a casa, con mi familia. Eres un hombre sin el menos rastro de honor.

Zac la miró unos segundos sin decir nada, pero repentinamente pálido, después se dio media vuelta y salió de la habitación cerrando la puerta tras de sí.

Pandora no se alegró de su victoria, sino que se sintió vacía. Volvió al sillón mientras oía cómo se alejaban sus pasos. Aquella terrible sensación de pérdida le rompía el corazón y dejaba un tremendo vacío en el lugar en el que había florecido el amor por Zac. Sólo quedaba allí la humillación de saber que seguía deseándolo. Pero después de la conversación que acababan de tener, Zac habría tenido que ser de acero puro para querer volver a tocarla siquiera.

Entonces recordó el rostro de Maria al salir de la habitación... un rostro tan triste como el que había puesto Zac al oír sus palabras de odio. Esas mismas palabras le habían dejado a ella un amargo sabor en la boca.

Pandora siempre había sido amable y cariñosa con todo el mundo; hasta el punto de que muchas de sus compañeras del colegio se reían de ella. Pero, ¿qué le estaba pasando? ¿En qué se estaba convirtiendo?

Por supuesto que Zac se había comportado de un modo inaceptable. Sus acciones habían hecho que se sintiera impotente y confusa, pero no debería haber pagado su tristeza con Maria.

Y quizá tampoco con Zac. Había dicho aquellas palabras sabiendo que le harían daño, que herirían su orgullo, una de sus más preciadas posesiones. Sí, lo había atacado de un modo muy mezquino y petulante.

Sentía remordimientos a pesar de esa vocecilla que le decía que Zac lo merecía por haberla llevado allí en contra de sus deseos y haberla privado de su libertad. Pero no iba a dejar que el comportamiento de Zac destruyera a la persona que Pandora siempre se había enorgullecido de ser.

Por eso cuando Maria fue a llevarle la bandeja de la comida, Pandora la miró esbozando una sonrisa y pronunció con la mayor claridad posible:

–Lo siento mucho.

La mujer le dedicó una enorme sonrisa y respondió con evidente esfuerzo.

–Zac me dijo tú no sabías.

Le sorprendió oír que Zac se había responsabilizado de lo sucedido, pero no dijo nada más. Después de que Maria se hubiera ido, Pandora picoteó un poco de la ensalada de tomate y queso que le había llevado y enseguida la dejó a un lado. No tenía hambre, pero tampoco estaba preparada para salir y arriesgarse a encontrarse con Zac, así que agarró un libro y se puso a leer.

Normalmente disfrutaba enormemente de la lectura, pero tampoco eso consiguió despertar su interés.

Hacía mucho color incluso entre aquellos enormes muros de piedra encalada y Pandora estaba inquieta. Fue hasta la ventana y la abrió de par en par.

Aquella especie de castillo se erguía sobre una terraza de piedra, un poco más abajo se podía ver la playa y el mar, que brillaba bajo el sol. En la terraza había un hombre corpulento de pelo negro que debía de ser Georgios, el marido de Maria, regando unos preciosos geranios de flores magenta.

La tranquilidad del mar resultaba muy tentadora. Pandora se quedó allí mirando el paisaje durante una eternidad.

Por fin admitió ante sí misma que esperaba ver aparecer a Zac, se alejó de la ventana con indignación y se tumbó en la cama, desde donde miró a la puerta.

Esa vez no había echado el cerrojo.

Sabía que después de la crueldad con la que le había hablado, Zac no iría a verla.

Pandora pasó los siguientes tres días encerrada en su habitación para evitar a Zac y arrepintiéndose de haberle hablado de ese modo la última vez. Al mismo tiempo le molestaba que él no se hubiera molestado siquiera en ir a ver qué tal estaba.

Sin embargo más allá de tan contradictorias emociones había algo más, un inquietante deseo que parecía no querer desaparecer. A pesar de todo lo que había hecho Zac, lo que realmente deseaba Pandora era que fuera allí a pedirle disculpas, preferiblemente de rodillas. Le molestaba sentirse tan confusa y encontrarse a merced de un hombre y de sus propias emociones.

Los únicos momentos de descanso en los que se olvidaba de dichas emociones se los proporcionaban las visitas de Maria. Tres veces al día le llevaba una bandeja cargada de deliciosos manjares. Muesli, fruta y yogurt con miel para desayunar. Ensaladas griegas con queso feta y aceitunas negras, pan de pita con la deliciosa crema de garbanzos que ellos llamaban hummus y con lonchas de cordero asado al romero. Maria hacía gestos de protesta propios de una madre preocupada cuando veía que Pandora no terminaba alguno de los platos y sonreía con aprobación cuando encontraba las bandejas sin comida.

La amable empleada le llevó también numerosas revistas atrasadas gracias a las cuales Pandora pudo estar entretenida. Por eso una noche, cuando Maria apareció con la bandeja de la cena, Pandora le regaló el chal de seda que tanto había observado la mujer el primer día.

–¿Mío? –le preguntó con los ojos brillantes.

Pandora asintió y fue a ponérselo. La sonrisa de alegría que iluminó el rostro de Maria al verse en el espejo hizo que se le formara un nudo en la garganta.

–Muy bo… bonito –consiguió decir a duras penas.

–Era de mi madre, ella misma lo tiñó a mano. Era artista –había hablado demasiado y, por el modo en que fruncía el ceño, Maria no debía de haberlo entendido.

–Tu madre… ¿muerta? –preguntó por fin.

–*Ne.* Sí –era una de las pocas palabras griegas que había aprendido durante las últimas semanas.

Maria meneó la cabeza farfullando algo en griego y se llevó la mano al chal para quitárselo.

–No –dijo Pandora para impedir que se lo quitara–. Quiero que lo tengas tú.

Maria pareció comprenderlo de inmediato.

–*Efgaristo* –y salió de la habitación sin hacer ruido.

En los últimos días Pandora había leído los pocos libros que había metido en la maleta y había visto una y otra vez las viejas revistas que le había llevado Maria, pero por muchas veces que las hojeara, siempre se le cortaba la respiración al encontrarse con una foto de Zac.

Mientras se preparaba para meterse en la cama aquella noche, Pandora no tuvo más remedio que admitir que estaba muerta de aburrimiento.

Así pues, nada más despertar el viernes por la mañana miró por la ventana y decidió que había llegado el momento de salir de allí y dejar que le diera un poco el sol.

Se puso un bikini blanco y plateado y lo cubrió con una camisola blanca que le había comprado Zac en Atenas. Unas sandalias plateadas, un poco de protector solar, un sombrero y estuvo lista para enfrentarse al sol mediterráneo.

No se cruzó con nadie en la escalera, ni tampoco en las habitaciones de abajo. Una vez fuera, la playa le pareció aún más atrayente que desde la ventana. El mar de un precioso azul turquesa bañaba las piedras de la orilla. Pandora encontró una roca lisa para tumbarse bajo el sol de la mañana.

¿Qué estaría haciendo Zac en aquel momento? Sólo con pensar en él volvía a ponerse en tensión. No había vuelto a verlo desde que había salido de su habitación hacía varios días. Tampoco había oído el helicóptero, por lo que suponía que seguía en la isla.

¿Cuándo pensaría dejarla libre?

Él tendría que volver a trabajar tarde o temprano, ¿o acaso tendría un despacho allí desde el que podía dirigir la empresa a distancia a pesar de asegurar que aquél era su retiro? Pandora se aventuró a mirar a la casa, a las ventanas que daban a la playa. Si tenía un despacho, sin duda tendría también un teléfono o algún tipo de conexión con el mundo exterior... no podía estar completamente aislado.

Apartó aquel pensamiento de su cabeza con un suspiro y cerró los ojos.

Más tarde dio un paseo por la playa antes de volver a la roca en la que había dejado la toalla. Fue allí donde la encontró Maria cuando le llevó la bandeja de la comida. Hambrienta por el sol y el paseo, Pandora comió con deleite, aunque no pudo evitar desear que Zac hubiera estado allí... para compartir aquel momento con ella.

Al agarrar la servilleta de la bandeja, descubrió un papel con una nota:

No olvides que el sol es muy fuerte. Quédate a la sombra o entra a la casa. Te espero esta noche en la terraza para tomar una copa.

Pandora no necesitaba ver el nombre para saber que aquella letra era de Zac. Una oleada de sensaciones la invadió automáticamente. Rabia por su tono despótico, lástima por lo que habría podido ser, pero sobre todo ira.

¿Cómo se atrevía a decirle lo que tenía que hacer después de dejarla sola durante tres días? Se negó a admitir que si había estado metida en la habitación durante tanto tiempo, había sido porque ella misma lo había decidido. En el fondo, había deseado que él hubiera acudido a ella.

Pero no lo había hecho.

Aunque al mismo tiempo debía reconocer que aquellos tres días le habían dado el espacio que tanto necesitaba para ver las cosas con perspectiva.

Volvió a tumbarse al sol, quizá para no hacer lo que Zac le decía en su nota, pero poco después estaba muerta de calor. Finalmente se puso en pie y se zambulló en el mar.

El agua estaba fresca en contraste con el calor de su piel. Después de dar unas brazadas, se quedó flotando boca arriba con la mirada clavada en el azul del cielo hasta que se le aplacaron un poco los nervios y se sintió más tranquila, preparada para enfrentarse a Zac.

Zac no había podido dejar de observar a Pandora desde la ventana de su despacho durante toda la mañana. No había habido manera de concentrarse en el informe que su secretaria le había enviado por mail y que debía devolverle revisado antes de media hora.

Pandora le había dicho que no tenía honor alguno y Zac empezaba a creer que tenía razón. ¿Qué importancia tenía el informe teniendo delante a su esposa flotando en el mar con aquel diminuto bikini que cubría su cuerpo del modo más provocativo?

Pero sus palabras seguían retumbándole en la mente.

Porque había algo de verdad en ellas, mucho más de lo que estaba preparado a admitir. Nada le daba derecho a secuestrarla y a llevarla a Kiranos aun sabiendo que ella había esperado que la llevara al aeropuerto.

Zac había tenido intención de pedirle que siguiera

casada con él, había querido demostrarle todo lo que tenían por delante. Pero entonces ella le había soltado aquella bomba.

Y todo se había ido al infierno.

Volvió a mirar la figura inmóvil de su esposa en el mar. Siempre había sabido cuál era su obligación como heredero de la familia Kyriakos. No podía fallar a la familia como lo había hecho su padre. Para lo cual tendría que elegir una mujer virgen con la que casarse, eso no era negociable.

Pandora había dado en el clavo al decirle que se había casado con ella porque no había encontrado otra mujer virgen y con la que estuviera dispuesto a casarse.

A Zac nunca le habían atraído las mujeres tímidas de sonrisa tontorrona. Por muchas mujeres que se empeñaran en presentarle, ninguna había despertado en él el menor interés... Hasta que había aparecido Pandora, con su inteligencia y su ingenioso sentido del humor, por no hablar de su increíble belleza. Nada más conocerla, Zac había sabido que Dios había respondido por fin a sus plegarias.

Pero todo había sido una falsa ilusión.

Pandora no se había casado con él siendo pura y de nada servía que Zac se dijera a sí mismo que el hecho de que otro hombre hubiera poseído su cuerpo no significaba que no fuera pura de corazón. Se sentía engañado. Aunque seguramente su padre hubiera creído también que su hija era virgen.

Todo había sido culpa suya. Debería habérselo preguntado directamente antes de pedirle que se casara con él. Pero había estado demasiado concentrado en llevársela a la cama.

Ansioso por creer que era virgen.

¿Qué habría pasado si hubiera sabido que no lo era?

¿Habría cambiado algo? El sentido común le decía que jamás se habría casado con ella, pues sabía que casarse con una mujer virgen formaba parte de la identidad de los Kyriakos, parte del legado familiar.

Y de la magia de la leyenda.

Pero su cuerpo opinaba de manera diferente. Los inocentes besos que se habían dado durante el noviazgo habían conseguido engancharlo a ella. Y hacer el amor con ella había sido la experiencia más increíble de toda su vida.

No podría dejarla marchar, pero tampoco podía seguir con ella sabiendo que incumplía las tradiciones de la familia. Sintió una dolorosa punzada en el corazón.

Lo cierto era que la idea de vivir sin Pandora le resultaba más preocupante que el hecho de que no fuera virgen. Sus prioridades habían cambiado sin que él se diera cuenta siquiera. Ya no le importaba no haberse casado con una virgen, ni la leyenda de los Kyriakos. No si eso iba a costarle la relación con su mujer.

La vio salir del agua y tumbarse de nuevo en la toalla. El sol hacía que su cabello brillara con intensidad y convertía su piel en bronce.

¿Qué importaba que no fuera virgen? Todo el mundo creería que lo era por haberse casado con él después de que los periódicos especularan durante años sobre la mujer que se convertiría en su esposa. La prensa se había aventurado incluso a publicar las fotografías de otras posibles candidatas.

Zac se había asegurado de que Pandora no leyera las historias que se habían publicado desde el anuncio del compromiso. Unas historias en las que se hablaba públicamente de su pureza.

Podría mantener el secreto de que no era virgen, dejar que todo el mundo siguiera creyendo que lo era, incluyendo su familia; así no habría manera de que la historia se filtrara a la prensa y de que los medios se burlaran de él. Nadie más sabría la verdad.

Excepto...

Miró a Pandora desde la ventana. Ella había dicho que sólo había tenido un amante y, hasta la fecha, aquel tipo no había salido a la luz, a pesar de la enorme publicidad que se había hecho de su boda.

Zac lo encontraría y le ofrecería el dinero necesario para comprar su silencio para siempre. Lo haría por Pandora.

Ahora tendría que aprovechar el tiempo que les quedaba en Kiranos para convencerla de que debían seguir juntos. Pero antes tendría que aplacar su ira y el odio que sentía por él. Sólo esperaba que no fuera demasiado tarde.

Después del baño, Pandora volvió a su habitación a darse una ducha y cambiarse de ropa. Una vez se hubo puesto un vestido de algodón blanco, se acercó a la ventana, desde donde vio a Georgios colocar una mesa y dos sillas en la terraza. Se le aceleró el corazón al ver aparecer a Zac, que se acercó a decirle algo a Georgios que lo hizo reír. A continuación bajó hacia el embarcadero que se encontraba a la derecha de la casa.

Pandora salió corriendo de la habitación y bajó la escalera a toda prisa. No había ni rastro de Maria... y Georgios y Zac estaban fuera. Recorrió el primer piso abriendo varias puertas hasta que dio con el despacho.

Miró a su alrededor a toda prisa, con la respiración acelerada... pero no vio su teléfono móvil ni tampoco el de Zac.

Estaba a punto de marcharse cuando vio que un ordenador estaba encendido y que la pantalla brillaba. Se acercó sigilosamente y, con dedos temblorosos, probó a abrir una página de Internet. El corazón le dio un vuelco al ver que aparecía la página de inicio. Una pausa para comprobar que no se oía nada en el pasillo. Nada.

Tecleó su dirección de correo y su contraseña y, una vez en la página, se dispuso a escribir un correo electrónico a su padre. Después de pensarlo un momento, escribió *Necesito tu ayuda.* Resultaba difícil encontrar las palabras, mucho más de lo que había previsto. Deseaba decirle que su matrimonio había acabado y que necesitaba que la rescatara.

Pero, ¿cómo podría explicárselo? ¿Cómo iba a decirle a su padre que había perdido la virginidad hacía tres años con un hombre al que apenas conocía? Su padre había confiado en ella al dejar que fuera a pasar el verano con Nicoletta. No podía decepcionarlo de ese modo.

¿Y qué pasaría con el lucrativo contrato que su padre había firmado con Zac? Sabía que su padre no dudaría en rechazarlo y que siempre la pondría a ella por delante, pero no podía hacerle eso.

No, tendría que solucionar sus problemas por sí sola. Ya era una mujer adulta, no una niña que corría a casa de su padre cada vez que necesitaba ayuda.

Era hora de crecer, de hacerse con las riendas de su vida y de su futuro. Tenía que encontrar a Zac y hablar con él.

Pero antes escribiría a su padre para decirle que estaba bien. Él se había alegrado mucho de su boda. Así pues, Pandora comenzó a escribir.

–¿Qué demonios estás haciendo?

La voz de Zac la sobresaltó, pero no tardó en reaccionar.

–Escribir a mi padre. Se preocupará si no le escribo.

–Buscando a papá para que te rescate –dijo Zac, pero no con demasiada tensión.

–No necesito que mi padre me solucione los problemas.

Pandora creyó ver un brillo de admiración en los ojos de Zac, pero después lo estropeó todo al decir:

–Quiero que me leas lo que has escrito.

–¿Es que no te fías de mí? –le preguntó ella dignamente.

Él no dijo nada, se limitó a mirar a la pantalla.

–Es privado –le recordó ella–. Sólo quiero que sepa que estoy bien. Le he dicho que estamos en una isla. Por cierto, ¿cómo se escribe Kiranos? Le resultará extraño que no sepa escribirlo.

Después de un momento de duda, Zac le deletreó el nombre de la isla.

–Gracias –dijo Pandora antes de continuar escribiendo con tensión, esperando que Zac se acercara y le impidiera seguir escribiendo, pero no fue así. Finalmente cerró la página y lo miró–. Ya está.

Zac la observaba con gesto sorprendido.

–Tengo fama de ser un tipo desconfiado. No puedo creer que te haya dejado hacerlo –negó con la cabeza y después le tendió una mano–. Vamos, salgamos a la terraza a ver la puesta de sol.

Al agarrar su mano, Pandora notó que la tensión desaparecía dejando pasó a una cálida sensación que enseguida se apresuró a borrar.

Zac y ella tenían que hablar.

Capítulo Seis

–Zac, si puedes confiar en mí para mandar un correo electrónico, estarás de acuerdo conmigo en que no tiene ningún sentido en que me tengas prisionera en esta isla.

El sol seguía brillando en el cielo, pero las sombras eran cada vez más alargadas. Pandora llegó a pensar que Zac no iba a responder nada, pero entonces lo vio alejarse del borde de la terraza desde donde observaba el mar Jónico y se dio media vuelta hacia ella.

–Kiranos no es ninguna prisión. ¿Acaso no te ha gustado el baño de hoy?

Sin duda se trataba de una lujosa prisión en la que todos sus caprichos se veían satisfechos, pero seguía siendo una prisión.

–Habría preferido estar haciendo otra cosa –dijo Pandora encogiéndose de hombros.

–¿Qué cosa? –preguntó él en un tono sugerente que la hizo sonrojar.

–Desde luego no lo que tú estás pensando.

Zac la miró de arriba abajo, deteniéndose especialmente en sus hombros desnudos y en la parte del vestido que se ajustaba a la curva que formaban sus pechos. Pandora se acaloró por efecto de aquella mirada.

Entonces él esbozó una malévola sonrisilla.

–¿Estás segura?

–Sí –replicó ella, rabiosa por el efecto que ejercía en

ella aquel hombre. No pudo evitar fijarse en lo seguro que parecía y en lo bien que le quedaban los pantalones cortos y la camiseta blanca que llevaba–. Completamente segura. En estos momentos podría estar haciendo muchas otras cosas en High Ridge.

–¿Elegirías el invierno neozelandés antes que una estancia en una isla griega?

Pandora examinó su rostro en busca de un gesto de sarcasmo que no halló.

–¿Qué tiene de atractivo una isla griega si estás en ella como rehén?

–Tú no eres mi rehén –parecía molesto y la sonrisa había desaparecido–. Dime, ¿te he hecho algún daño? ¿O te he encerrado en tu habitación? ¿O te he matado de hambre? –se iba acercando con cada palabra.

–No –lo miró fijamente a los ojos, desafiante–. Pero tenerme aquí en contra de mi deseo es... es una barbaridad.

Zac se encogió de hombros.

–Entonces seré un bárbaro. Las leyendas griegas están plagadas de historias de secuestros. No tienes más que recordar a Orfeo...

–¡Que llevó a Perséfone al infierno!

–¿Te parece esto el infierno? –le preguntó señalando el mar en calma que se extendía ante sus ojos.

–No. Sí. No lo sé, pero no es aquí donde quiero estar. Lo que estás haciendo va contra la ley y te denunciaré en cuanto tenga oportunidad.

A Zac no parecía preocuparle lo más mínimo que lo hiciera y lo cierto era que Pandora sabía que no podría hacerlo, pues no le había hecho mal alguno y en realidad ella no deseaba que lo acusaran de secuestro.

–¿Dónde quieres estar, *agapi mu*?

–¡Para! No me llames «mi amor» con esa voz.

Zac apretó las mandíbulas.

–Será mejor que no hablemos nada si estás de ese humor –se quitó los prismáticos que llevaba colgados al cuello y se los ofreció a ella–. Ven a ver, hay un grupo de delfines.

Pandora se levantó a mirar por los prismáticos olvidándose del enfado.

–Vaya. Veo por lo menos ocho y seguro que hay más debajo del agua.

–Sí, llevan por la isla varios años –dijo Zac a su espalda.

Estaba tan cerca, que Pandora podía sentir su olor.

–Es una maravilla. También hay muchos en Nueva Zelanda y me encanta verlos. ¡Mira! Uno acaba de saltar.

–Sí, es precioso. Por eso cada año invierto mucho dinero en la conservación del océano y de las costas. Para asegurar su supervivencia.

–¿Y no resulta contradictorio que además dirijas un negocio de transporte de crudo en enormes petroleros? ¿Y si hubiera un vertido?

–Mis superpetroleros están entre los más seguros del mundo. Hay cosas que no se pueden impedir; tormentas o errores humanos o técnicos, pero nuestros barcos tienen un doble casco para impedir que haya ningún tipo de vertido aún en caso de accidente.

En ese momento dos delfines saltaron varios metros por encima del agua y Zac vio sonreír a Pandora con sincero deleite, algo que también lo hizo sonreír a él.

–Me encanta verlos desde aquí –bajó los prismáticos y lo miró con gesto repentinamente serio–. ¿Sabes por qué?

Zac no estaba seguro de querer saber qué había borrado la sonrisa de su rostro, pero era evidente que se lo diría de todos modos.

–¿Por qué?

–Porque son libres –dijo devolviéndole los prismáticos–. Tienes que dejar que me vaya, Zac.

Zac miró a otro lado, incapaz de enfrentarse a sus desafiantes ojos. No respondió. ¿Volvería a verla si la dejaba marchar? O quizá se perdiera para siempre esa fuerza que los unía y los consumía a ambos del mismo modo. ¿Cómo podría explicar el miedo que sentía al pensar en vivir sin ella el resto de su existencia?

No podía pronunciar aquellas palabras, así que se dio media vuelta y se alejó de ella.

Cinco minutos después, Zac regresó con un vaso con un líquido color ámbar y con una copa de jerez que le ofreció a ella. Pero Pandora miró la copa con desdén y dijo:

–Parece lo que toma mi tía Ethel en las noches de invierno. Creo que prefiero un margarita y sé generoso con el tequila.

A Zac no le gustó la respuesta.

–Las mujeres de esta familia siempre beben jerez antes de la cena.

–Pues esta mujer no. ¿No crees que deberías haberme preguntado lo que me apetecía tomar? –lo observó unos segundos. Tenía la mandíbula apretada y apenas se le veían los labios–. Ahora que lo pienso, mejor que el margarita prefiero un Sexo en la Playa.

Zac la miró boquiabierto, pero luego sus ojos adquirieron un brillo ardiente.

Pandora dio un paso atrás y le habló con furia:

–Es un cóctel… se hace con vodka, melocotón, naranja…

–No tiene gracia –la interrumpió él–. Mi esposa no pide esas cosas.

–No pretendía ser graciosa –replicó Pandora–. Y no

te preocupes porque no tengo intención de seguir siendo tu esposa mucho tiempo.

Zac le lanzó una mirada amenazante que hizo que Pandora reculase un poco.

–El vino me da dolor de cabeza –explicó suavemente–. Me sientan mejor los licores.

También la expresión de su rostro se dulcificó ligeramente.

–¿Te vale con un gin-tonic?

Pandora asintió y respiró aliviada cuando lo vio entrar en la casa. Una vez sola, se sentó en la silla y se paró a pensar que esa necesidad de ponerlo en su sitio todo el tiempo no les estaba haciendo ningún bien.

Zac no tardó en volver con un vaso alargado.

–Pandora... –comenzó a decir después de que ella le hubiera dado las gracias–. Sé que hemos empezado con mal pie –se sentó frente a ella y estiró las piernas–. Créeme, quiero que lo nuestro funcione –le dijo mirándola fijamente con unos ojos serios y más verdes que nunca–. Quiero que el nuestro sea un matrimonio de verdad, quiero tenerte a mi lado.

–¿Cómo va a ser un matrimonio de verdad si ni siquiera dejas que me vaya? ¿Si tienes que vigilarme mientras escribo a mi padre? ¿Si no me devuelves el teléfono? –Pandora resopló con frustración al ver que él no respondía–. Y todo por una leyenda familiar que a alguien se le ocurrió inventarse al azar.

–No fue al azar –dijo él, pero luego se quedó en silencio unos segundos antes de continuar–. ¿Sabes una cosa? La leyenda ya no importa.

–¿Que no importa? ¿Cómo no va a importar si te casaste conmigo porque era la única boba que encontraste, la más perfecta?

–No fue así –replicó frunciendo el ceño.

–Claro que fue así. Me hiciste creer que me querías, pero te casaste conmigo porque creías que era virgen. Por cierto, ¿quién te dijo que lo fuera?

–Tu padre.

–¿Mi padre? –repitió, escandalizada–. No te creo.

–Yo no miento –aseguró con fuerza–. Tu padre deseaba que nos casáramos. Lo conocí en Queenstown en una conferencia sobre ecología y me habló de ti... está muy orgulloso de ti. No era ningún secreto que yo buscaba una mujer... la mujer adecuada.

–¿Querrás decir una mujer virgen?

Zac asintió levemente.

Era tan humillante. El mundo entero sabía que Zac necesitaba casarse con una mujer virgen. No era de extrañar que se hubiera asegurado de que no leyera los periódicos después de que anunciaran el compromiso. Podía imaginar las historias que habían publicado. Y su padre la había presentado como la candidata perfecta. Pandora se alegró de no haberle pedido ayuda.

–Entonces todo el mundo lo sabía menos yo. Yo estaba en High Ridge atendiendo a los huéspedes mientras vosotros decidías mi destino. Dios, suena tan feudal –respiró hondo y se tapó los ojos con ambas manos–. Y yo que pensaba que había sido el destino el que me había traído el amor. Debiste de pensar que era una tonta, una ingenua.

–Pensé que eras maravillosa. Dulce, encantadora, divertida, y quería compartir contigo...

–Una estúpida. Eso es lo que he sido –lo interrumpió mirándolo de nuevo con determinación–. ¿Cómo vamos a arreglar este desastre?

–No tiene por qué ser un desastre. Podemos hacer que funcione, pero antes me gustaría que me hablaras de ese hombre.

–¿Qué hombre? –preguntó a pesar de tener el horrible presentimiento de que sabía perfectamente a quién se refería.

Zac se inclinó hacia delante, apoyó los codos en las rodillas y la miró fijamente.

–Con el que perdiste la virginidad.

–¡Zac! –exclamó, horrorizada–. No esperarás que te hable de eso.

–Sí, claro que lo espero. Puede que no me mintieras intencionadamente, pero me has puesto en una situación que no había previsto. Necesito tener todos los datos para idear un plan de acción.

Pandora apartó la mirada y la clavó en el cielo rosáceo del ocaso. Aquello no tenía nada que ver con ella, Zac no estaba hablando de su futuro juntos, ni de su dignidad como mujer; lo que le preocupaba era su negocio, su familia y cómo iba a afrontar el divorcio... Aunque había dicho que quería seguir casado con ella, ¿verdad? Pandora meneó la cabeza para sacudirse toda la confusión que sentía.

La llegada de Georgios para anunciar que la cena estaba servida no hizo sino retrasar el momento de la verdad, pues en cuanto se hubieron sentado a la mesa del comedor, Zac le pidió que se lo contara.

–Está bien –dijo ella con voz débil–. Te contaré lo que pasó. Se llamaba Steve y era un chico encantador, divertido, guapo...

–No es eso lo que quiero oír –gruñó Zac–. Quiero saber quién es su familia y dónde lo conociste.

–No sé nada de su familia –respondió, incómoda con el giro que había dado la conversación.

–¿Cómo demonios lo conociste entonces?

Pandora dejó de fingir tener el menor interés en la comida.

–A veces mi padre dejaba que fuera a pasar las vacaciones de verano con mi mejor amiga, Nicoletta. Su padre era un rico industrial de Milán y un par de años pasé las vacaciones en la casa que tenían en Sardinia. Nicoletta tenía un hermano mayor…

–Claro –dijo Zac.

Pandora le lanzó una mirada de reprobación y rabia.

–A Alberto sólo le interesaba el fútbol, no tenía tiempo para nada más.

–Dime de dónde salió ese otro…

–A eso voy.

–Demasiado despacio.

–¡Zac! Esto es muy difícil para mí, así que deja que lo haga a mi modo, ¿de acuerdo?

Zac bajó la mirada.

–No volveré a hablar.

–Los padres de Nicoletta le pidieron a Alberto que actuara de anfitrión. A Nicoletta le encantaba ir a la playa y coquetear con los amigos de su hermano. Yo era muy tímida, pero quería adaptarme, así que cada día íbamos a la playa con sus amigos, todos ellos de la aprobación de los padres de Nicoletta. Así empecé a salir de mi caparazón. Era muy divertido.

–No lo dudo –gruñó Zac.

–¡Has dicho que no ibas a hablar!

–No comprendo cómo los padres de tu amiga os dejaban ir con todos esos chicos.

–Todos eran de familias de dinero y muchos iban acompañados de cuidadores. Nosotros también teníamos una especie de guardaespaldas. Era muy joven, Alberto no habría consentido que fuera mayor.

–No me digas que fue con el guardaespaldas…

–¡No! Deja que termine, Zac –le pidió con la misma

impaciencia que parecía sentir él–. A Steve lo conocí en la playa, jugando al voleibol con Nicoletta, Alberto y sus amigos. Alberto y él tenían un amigo en común. A Steve también le gustaba el voleibol, pero era diferente a los otros chicos; hablaba con Nicoletta y conmigo, le interesaba lo que le contábamos.

Zac apartó su plato.

–Se me ha quitado el hambre.

–Sí, a mí también.

–Seguro que le resultó fácil encontrar un grupo de niños ricos entre los que buscar una novia rica.

–No creo que fuera así. Yo aún no había cumplido los dieciocho años, mientras que él tenía veinticinco. Vestía de un modo muy diferente al de los chicos que yo conocía. Tenía un deportivo rojo y era muy cosmopolita. Muy sofisticado.

–No quiero que me cuentes tus fantasías de adolescente –parecía a punto de explotar–. Sólo quiero que me digas lo que pasó.

Pandora cerró los ojos para no tener que verlo. Aquello era mucho más duro de lo que habría imaginado.

–Tienes que comprenderlo. Ocurrió precisamente porque era una fantasía. Yo nunca había salido con nadie. Dios, nunca me habían dejado ir a ningún sitio con un chico. Ni siquiera había conocido a ninguno. No tenía hermanos, iba a un colegio de chicas. Mi padre era muy protector, pero Steve no se parecía en nada al tipo de chicos contra los que me habían prevenido. Era guapo, inteligente y no suponía ninguna amenaza. Podía desearlo cuanto quisiera.

Se hizo un largo silencio.

Al volver a mirar a Zac, Pandora vio que tenía una expresión de furia en el rostro. Respiró hondo y continuó con el relato:

–Le interesaba más Nicoletta; ella era mucho más sofisticada y estaba más desarrollada físicamente. Pero era muy amable también conmigo.

–Seguro que sí –bufó Zac.

–¡Lo era! Me preguntaba por los libros que leía y por cosas que a los chicos no solían interesarles. Incluso sabía que nuestros horóscopos eran compatibles, lo cual era divertido porque le gustaba Nicoletta. Nos llevaba de compras y nos daba consejos sobre la ropa.

–Parece un gigoló.

–Zac, por favor. Jamás le di dinero –aunque sí le habían comprado bastantes cosas y le habían invitado a comer muchas veces. Les hacía sentirse poderosas y él bromeaba sobre cuánto le gustaban las mujeres del siglo XXI–. Una noche nos convenció a todos para que saliéramos a un club –Pandora recordó la emoción de tener diecisiete años y estar enamorada por primera vez, enamorada de un chico de verdad, no de un póster o de la foto del hermano de alguna compañera del colegio. Aquella vez era real, aunque ella había estado segura de que no pasaría nada porque a Steve le gustaba Nicoletta.

Había sido tan ingenua.

–Así que os llevó a un club y os emborrachó –dedujo Zac con horror–. A dos niñas.

–No fuimos solas –corrigió ella tajantemente–. Nos acompañaron Alberto y el guardaespaldas. La primera noche sólo estuvimos un rato, pero la segunda apareció un amigo de Alberto que le gustaba mucho a Nicoletta. Steve estaba destrozado.

–Claro, veía que se le escapaba una fortuna.

–¡No era eso!

–¿Sabía que tú también eras rica?

–No lo creo. Yo era la más callada y tímida.

Pero no había sido tan tímida la noche en la que Nicoletta se había marchado con el amigo de su hermano. Claro que había contado con la ayuda de los cócteles que había bebido para desinhibirse un poco. La emoción del momento había hecho que se dejara llevar y que finalmente cayera en la cama de Steve como un fruto maduro.

–Después... –aún le mortificaba recordarlo–. Le dije a Steve que quería que conociera a mi padre y empecé a hablar de cuándo podríamos casarnos. Así pensaba yo que tenía que ser el amor. Había vivido tan protegida que me daba miedo. Steve salió corriendo en cuanto pudo y yo volví a Nueva Zelanda con el rabo entre las piernas.

–¡Qué estúpido! –exclamó Zac, aunque parecía pensativo–. ¿Y ésa fue la única vez que te acostaste con él?

Pandora asintió con tristeza.

–¿Alguna vez volvió a ponerse en contacto contigo? –la intensidad de su voz daba a entender que la respuesta era importante para él.

Recordó los mensajes que le había dado su padre un mes más tarde, cuando Steve la había localizado en Nueva Zelanda. Había dejado dicho que necesitaba hablar con ella, que todo había sido un malentendido.

Por fortuna su padre nunca se había enterado de lo ocurrido. Pandora le había dicho que Steve era un amigo del hermano de Nicoletta. Su padre había identificado el número de Steve y había hecho que lo investigaran para finalmente llegar a la conclusión de que no era buena compañía para su única hija. Pandora había estado de acuerdo pues Steve le había dejado muy claro que su estúpido enamoramiento no era correspondido y no había querido que su padre descubriera lo tonta que había sido.

–No –respondió justificando la mentira en el hecho de que nunca hubieran llegado a hablar el uno con el otro.

–¿Entonces no volviste a saber de él?

–¿A qué viene todo esto? Nada va a cambiar el hecho de que no fuera virgen cuando me cansé contigo –quería que acabara con aquel interrogatorio que no estaba haciendo más que despertar dolorosos recuerdos.

–Vamos, Pandora, dime si volviste a verlo.

Le lanzó una rápida mirada. Era evidente que no iba a dejarla en paz y ella ya no quería seguir hablando.

–Está muerto –dijo por fin.

–¿Estás segura?

Pandora apartó los ojos de él.

–Ya te he dicho que Alberto y él tenían un amigo en común. Así fue como me enteré.

–Pensé que eso no había sido más que una excusa para establecer contacto con el círculo de amigos de Alberto.

Nunca se le había pasado por la cabeza algo así. Había sido tan ingenua.

–Bueno –dijo Zac muy despacio–. ¿Sabe alguien lo que ocurrió aquella noche?

–No, nunca se lo conté a nadie, ni siquiera a Nicoletta… estaba demasiado avergonzada –se había sentido culpable por acostarse con un hombre al que le había gustado su amiga–. Y dudo mucho que Steve se lo contara a alguien.

–Por supuesto, seguramente no quería cerrar la puerta a una posible relación con tu amiga, la hija del rico industrial –comenzó Zac con extrema sequedad.

–¿Podemos dejarlo ya? –le suplicó Pandora–. Fue un error. Yo era muy joven, muy romántica y muy tonta.

–Te duele recordarlo…

–Sí. Me gustaría que no hubiera ocurrido. Después seguí adelante yo sola. Fui al médico, lo cual fue muy difícil porque tuve que encontrar uno que no conociera a mi padre. Era tan inocente, que ni siquiera sabía si Steve había tomado algún tipo de precaución, así que me hicieron una prueba de embarazo y de enfermedades de las que yo ni siquiera había oído hablar. Me dije a mí misma que había tenido suerte y traté de olvidarlo todo –Pandora parpadeó varias veces para hacer desaparecer las lágrimas que se le agolpaban en los ojos–. Pero ahora tú has hecho que volviera a recordarlo.

–Pandora –dijo él con tono de urgencia.

–Esa noche significa que no podré ser tu esposa.

–¡Pandora! –Zac le tomó ambas manos entre las suyas–. Hay una solución. Los únicos que conocemos tu... indiscreción somos tú y yo y ese médico, que está obligado a guardar el secreto. Steve está muerto.

Pandora sintió una extraña y peligrosa sensación en el pecho.

–¿Qué quieres decir?

–Digo que lo mantengamos en secreto. Nadie tiene por qué enterarse de que no eras virgen cuando te casaste conmigo.

–¿Estás dispuesto a hacer algo así? –¿querría decir eso que Zac la amaba? Pretendía ir en contra de todo lo que creía sólo para seguir junto a ella–. ¿Seguirías casado conmigo, ocultándole la verdad a todo el mundo... incluyendo a tu hermana?

Zac parecía destrozado.

–¿Qué otra opción me queda? Es demasiado tarde para anular el matrimonio, pues ya ha sido consumado. Si nos separáramos, la prensa se cebaría contigo. No podría hacerte algo así. No tenemos más opción que hacer que esto funcione.

Había vuelto a equivocarse, pensó Pandora con dolor. No la amaba, pero su sentido del honor no le dejaba hacer otra cosa. ¿Cómo podría pasar con él el resto de su vida sabiendo que aquel matrimonio era una farsa?

–No sé... –dijo, vacilante.

Si lo abandonaba y volvía a High Ridge, no volvería a verlo jamás. No volvería a sentir sus besos, ni su seductora mirada sobre sí. ¿Era eso lo que quería?

No.

–¿Qué tenemos que perder? –le preguntó mientras le acariciaba la palma de la mano–. Es evidente que entre nosotros hay mucha química.

–Pero el matrimonio es algo más aparte de sexo, Zac –le recordó, con el rostro sonrojado. El matrimonio debía estar basado en el amor, o al menos eso era lo que ella siempre había soñado.

–Pero es un buen punto de partida –aseguró él con una sonrisa que le aceleró el pulso.

¿Cómo podría resistirse a él? ¿Tanto importaba que no la amara? A pesar de lo que le había dicho, sabía que Zac no era ningún bárbaro; era un buen hombre, un hombre de principios que quería a su familia por encima de todo. El tipo de hombre con el que siempre había querido casarse.

Quizá la conexión sexual que los unía fuera suficiente por el momento. ¿Debía arriesgarse y albergar la esperanza de que acabara amándola?

–Nos lo tomaremos con calma, día a día –decía Zac–. Si te quedas, podremos ir conociéndonos. No espero que duermas conmigo inmediatamente.

–¿Estás seguro de querer hacerlo?

–Esto es muy importante para mí. Tenemos dos semanas por delante aquí en Kiranos. Después de eso, volveremos a hablar. Si entonces sigues queriendo marcharte, podrás hacerlo.

–¿Me dejarías marchar? –preguntó con el corazón en un puño. Era ridículo, pero no era eso lo que quería oír, quería que luchase por ella, que la convenciera.

–No voy a retenerte en contra de tu voluntad. Te traje aquí para que habláramos, para pedirte que te quedaras el tiempo necesario para conocernos de nuevo. Desgraciadamente…

–Te dije que no era virgen.

–Sí, esa confesión hizo que todo fuera un poco más… difícil –admitió Zac con gesto sombrío–. Necesitaba tiempo para asimilar la noticia.

Cuando volvió a mirarla, Pandora creyó ver algo nuevo en sus ojos, cierta vulnerabilidad, cierta inseguridad. Pero no era posible, Zac jamás se sentía inseguro.

–¿Y qué pasará si después de esas dos semanas decido marcharme?

–Seguiremos adelante con nuestras vidas durante un tiempo y después pediremos el divorcio sin llamar demasiado la atención. Yo haré lo que pueda para protegerte de la prensa, te vendrá bien estar en Nueva Zelanda.

Parecía tan sencillo. No sería tan duro pasar dos semanas con él en aquel paraíso.

–No habrá ningún tipo de prisión –siguió diciendo–. Nada de sexo, sólo el sol y el mar… y tiempo para conocernos y para ver si puede funcionar.

No dijo nada de lo que más le preocupaba a Pandora, el efecto que su presencia ejercía en ella.

Sus caricias.

Sus besos.

Y, sobre todo, la manera en que le hacía el amor.

Pandora tuvo que admitir que se sentía decepcionada. La noche de bodas había sido increíble, una tormenta de pasión para la que no había estado preparada, algo que jamás habría imaginado. Completamente diferente a lo que había vivido con Steve.

Pero Zac tenía razón. Habían ocurrido demasiadas cosas y debían empezar de nuevo, darle una segunda oportunidad a su matrimonio.

–Está bien –dijo por fin–. ¿Me devolverás ahora el teléfono?

–¿Está bien? ¿Así de simple? –la miró detenidamente–. ¿Y para qué quieres el teléfono?

Pandora se encogió de hombros.

–No hay cobertura, así que no voy a poder utilizarlo, tómalo como un gesto de buena voluntad.

–De acuerdo –dijo esbozando una sonrisa mientras se sacaba el móvil del bolsillo del pantalón–. Ahora tú también deberías darme algo.

El brillo de sus ojos la hizo sospechar.

–¿Qué quieres?

–Un beso –la sonrisa creció en su rostro–. Tómalo como un gesto de buena voluntad.

Capítulo Siete

–¿Un beso?

Zac no respondió, pero su mirada y su sonrisa eran una especie de desafío. Era evidente que esperaba que Pandora le negara aquel beso.

Sin pensárselo dos veces, Pandora apagó dos de las tres velas que iluminaban la mesa, después se levantó y se inclinó hacia él.

–Muy bien.

Le puso las manos en los hombros y le rozó los labios suavemente... se quedó esperando. Él permaneció inmóvil. Sin embargo la respuesta del cuerpo de Pandora no se hizo esperar; se le aceleró el pulso y la respiración. Bajo sus manos, la tela de la camiseta de Zac se había convertido en una barrera que le impedía acariciar su piel.

Notó que sus labios se movían. Un suspiro. ¿Había sido él o ella? No sabía... ni le importaba.

Sintió el calor de su cuerpo a través de la tela y su aroma embriagador.

Con la respiración entrecortada, Pandora abrió los labios y coló la lengua entre los de él. El cuerpo de Zac se puso en tensión.

Ella repitió la audaz caricia.

Él se rindió con un gruñido. Lo único que se oía en la habitación eran sus respiraciones.

Finalmente Zac se apartó.

–Eres preciosa –le dijo acariciándole la mejilla–. Eres muy amable con Maria... me dijo que le habías regalado tu chal. Y te preocupa que tu padre esté intranquilo. Tienes un corazón puro.

Pandora recordó la mentira que le había contado.

–Me da vergüenza. No soy perfecta ni mucho menos. Pensé en pedirle ayuda a mi padre, pero al final decidí no hacerlo.

–Pandora –susurró manteniéndola a una distancia prudencial–. Zeus, esto es muy difícil para mí, pero voy a cumplir la promesa que te he hecho. No voy a hacerte el amor.

En sus ojos había un brillo intenso que la atraía como un imán, algo que le recordaba que era un hombre y ella su mujer... nada más importaba.

–No quiero que nos precipitemos y cometamos un error. Quiero que estés completamente segura. Sólo quiero que sepas una cosa... quiero que este matrimonio funcione, ¿comprendes?

Pandora asintió lentamente.

La semana siguiente trascurrió plácidamente. Pasaban los días en la playa y las noches durmiendo cada uno en su cama, por las mañanas se encontraban antes del desayuno y salían a correr por la playa, tras lo cual se bañaban en el mar. Momento en el que Pandora tenía que esforzarse especialmente en mantener las distancias.

Desde que lo había besado, a Pandora le resultaba cada vez más difícil no dejarse llevar por el efecto que ejercía en ella el cuerpo perfecto y casi desnudo de Zac. Parecía haber desarrollado una especial sensibilidad a su proximidad y todos sus movimientos. Una vez fuera del agua tenía que concentrarse en no mirarlo con la boca abierta y en no fijarse en las gotas de agua que le caían por el pecho. Tenía la tentación de besarlo, pero no se atrevía a hacerlo por si desencadenaba una reacción que no podría controlar.

Lo que hacía entonces era salir corriendo del agua y cubrirse con la toalla. Zac se reía de ella.

De vuelta en la casa, desayunaban juntos y después pasaban el resto del día separados; él trabajando en su despacho y ella leyendo, paseando o viendo alguna película de la completa colección de Zac.

Ese viernes Pandora se dio cuenta de que había acabado con la colección de DVDs. Fue después de ver *Zorba el Griego* cuando le dijo a Zac durante la cena:

–Quiero que me enseñes a bailar.

Zac ató cabos de inmediato.

–Has estado viendo *Zorba el Griego.*

–Sí, pero no sólo ésa. Tienes una increíble colección de películas con bailes.

–A Katy le encantan –la observó unos segundos–. ¿Estás aburrida?

–No estoy acostumbrada a no tener nada que hacer.

–Enseguida le pondremos remedio a eso. En cuanto volvamos a Atenas te presentaré a Pano, el director general de Cruceros Kyriakos, quizá te apetezca crear algo para el programa turístico de la región del Pacífico sur.

Pandora lo miró de reojo. Hablaba como si se hubiera olvidado del acuerdo de las dos semanas al que habían llegado. ¿Acaso imaginaba lo tentada que se sentía a seguir casada con él aun sabiendo que no la amaba?

Pero no podía rendirse todavía, así que prefirió volver a tomar el tema del baile.

–Te recuerdo que en nuestra boda dijiste que me enseñarías a bailar cosas más complicadas.

Zac se puso en pie y se dirigió al equipo de música, unos segundos más tarde la habitación se llenó de música.

–Ven –le dijo.

Pandora acudió con cierto temor, se preguntaba si no habría ido demasiado lejos y demasiado rápido.

–El *hassipikos* no es como otros bailes griegos. Empezaremos despacio y cuando la música se acelere, empezaremos a movernos más rápido y en espiral. Ahora ponte aquí, a mi lado.

Pandora obedeció.

Zac le fue indicando cómo mover los pies y cuando llegaron al segundo paso, Pandora no podía dejar de reír.

–Intentémoslo de nuevo –le dijo volviendo al comienzo de la canción–. ¿Preparada? Espera a la música para empezar los pasos.

Pandora se quedó muy quieta, con los brazos estirados y unidos a los de él, y entonces recordó lo que Zac le había dicho el día de la boda, que tenía que escuchar la música y dejarse llevar por ella. Notó el cambio de tempo de la melodía y entonces comenzó a moverse. Cuando quiso darse cuenta, sus pies se deslizaban sobre el suelo de manera instintiva y todo su cuerpo acompañaba a Zac en total sintonía con la música. Aquel logro la llenó de alegría.

–¡Lo he conseguido! –exclamó rodeando a Zac con sus brazos–. Gracias –le dio un beso en la mejilla–. Quiero hacerlo otra vez.

Zac se había quedado completamente inmóvil.

Pandora dio un paso atrás, pero ya era demasiado tarde. Los ojos de Zac estaban llenos de emoción y cuando ella trató de alejarse, él la agarró de las muñecas y tiró de ella hacia sí.

–No te vayas.

Y entonces bajó la cabeza y estrelló la boca contra la suya con verdadera pasión. Ya no era un beso suave y de tanteo como en la noche de bodas. No estaba inmóvil y a la espera como la otra noche cuando ella lo había besado a él. Ahora acercó a ella las caderas sin intentar ocultar la erección, su masculino deseo completamente desatado. Un deseo que despertó también el de ella.

Pandora emitió un leve gemido. La música era cada vez más rápida e intensa, próxima al clímax.

Recordó la noche de la boda. Aquellas fuertes manos explorando cada rincón de su piel, su cuerpo bajo él.

–¡No! –exclamó él de pronto apartándose–. Te di mi palabra. Sólo queda una semana para que se cumplan las dos semanas que te prometí. Después te pediré una respuesta.

–¿Te niegas a hacer el amor conmigo a menos que te dé la respuesta que quieres? –le preguntó con fingida indignación.

Él sonrió.

–Sí, tengo que utilizar todas las armas de las que dispongo para conseguir lo que deseo. A ti.

Los días pasaron rápidamente y cuando llegó el martes siguiente, Pandora tenía la piel del color de la miel. Sonrió a Zac con sensual deleite mientras le veía quitarse la camiseta junto a la cueva donde siempre se bañaban después de correr, un paraje que ella ya veía como su lugar secreto.

Sólo quedaban cuatro días. El sábado por la mañana Zac le pediría una respuesta. Y Pandora sabía perfectamente lo que iba a decirle.

Lo observó disimuladamente mientras él se dirigía al mar. Cuando el agua le rozaba ya el bañador, se zambulló de lleno y comenzó a nadar. Al emerger de nuevo, miró hacia ella.

–¿No vienes?

¿Por qué habría de esperar? Sabía muy bien lo que quería. Quería a Zac, quería tenerlo dentro allí mismo, en aquel preciso instante. El corazón empezó a golpearle el pecho ante lo que se le estaba pasando por la cabeza.

Antes de poder echarse atrás, se quitó la camiseta y después se desató los lazos del bikini con manos temblorosas. Dejó que la parte de arriba cayera al suelo e inmediatamente sintió cómo los pezones se le endurecían por la excitación y la emoción del momento.

Por fin miró a Zac, que la observaba inmóvil desde el agua, Pandora no aguantó la intensidad de su mirada por mucho tiempo por lo que, para poder seguir adelante, tuvo que mirar a otro lado. Empezó a caminar lentamente hacia el mar, consciente del movimiento de sus caderas y de sus pechos.

El agua estaba fría en contraste con el calor del sol, pero resultaba agradable sentirla en las rodillas... después en los muslos... metiéndosele entre las piernas... en el vientre. Pandora se sumergió por completo y echó a nadar mar adentro, aún sin mirar hacia donde se encontraba Zac.

Pero podía sentir la tensión de su cuerpo, así que nadó un poco más deprisa, con la mirada clavada en una roca que había un poco más adentro. Oyó algo a su espalda y al volverse a mirar vio a Zac nadando tras ella, acercándose cada vez más. Pandora nadó tan rápido como pudo, hasta que sintió los latidos del corazón en los oídos.

No consiguió llegar hasta la roca. Aún le quedaban unos metros cuando sintió la mano de Zac agarrándole el tobillo y tirando de ella.

–¿Qué estás...? –no pudo terminar, se encontró con su boca húmeda, fresca y con sabor a sal.

Tomó aire al tiempo que movía las piernas desesperadamente buscando algo en lo que apoyarse, pero no lo había. Sus piernas se rozaron y una oleada de deseo la invadió de pronto al sentir su evidente excitación.

–¿Qué estás haciendo? –esa vez era él el que lo preguntaba.

Pandora sonrió. Sabía que al despojarse de la parte de arriba del bikini había roto el pacto y lo había provocado. Pero lo cierto era que día tras día, la tensión sexual había ido aumentando y ahora estaba harta de esperar.

–Te deseo –dijo pegándose a él.

–No hagas eso –le suplicó con una especie de gruñido–. Tenemos un acuerdo.

–Sé que es lo que quiero... Quiero seguir casada contigo.

Zac la miró muy serio, de nuevo inmóvil.

–¿Estás segura de que no quieres volver a ser libre?

–Quiero ser tu mujer.

Nada más oír aquello Zac estrelló su boca contra la de ella, agarrándole el rostro entre ambas manos. Sus cuerpos entrelazados se sumergieron, pero no dejaron de besarse. Fue ella la que abrió la boca antes y adentró la lengua en aquella deliciosa cueva. La corriente del agua le había soltado el pelo y ahora la melena los rodeaba.

La presión empezó a aumentar y Pandora se dio cuenta de que necesitaba respirar, pero no quería abandonar aquel mundo azul en el que Zac flotaba junto a ella. Así era como debían de sentirse las sirenas, pensó mientras jugueteaba con la lengua de Zac. Entonces sintió que él empezaba a mover las piernas y comenzaron a subir a la superficie. Se separaron al emerger.

–¿Es que pretendes ahogarme? –dijo él con una sonrisa en los labios.

Por primera vez desde que se conocían Pandora tuvo la sensación de llevar la voz cantante.

–Nunca me habían besado bajo el agua –dijo con una alegría que la impulsaba a comportarse de un modo audaz.

–Bueno, me alegro de poder ser el primero en algo.

La euforia se evaporó en el instante en que oyó aquellas palabras. ¿Acaso aquella estupidez de juventud iba a interponerse siempre entre ellos? Se dio media vuelta y siguió nadando hacia la roca. Al llegar allí, se sentó en la pequeña isla y cruzó los brazos sobre el pecho para esconder una desnudez que de pronto la incomodaba.

–No debería haber dicho eso –dijo Zac nada más llegar a la roca.

–No, no deberías haberlo dicho –Pandora apretó los labios y miró a la playa de arena blanca.

–Pareces una sirena. Una sirena hermosa, increíblemente sexy... y ahora también enfadada conmigo –le puso una mano en el muslo y ella se sobresaltó–. Mírame.

–¿Por qué?

–Porque quiero que veas lo que me haces sentir.

–Ya lo he notado... en el agua –admitió, completamente ruborizada.

–No me refiero a lo que me haces sentir físicamente. Quiero que me mires a los ojos y me digas qué ves.

Pandora levantó la vista. La luz del sol había convertido sus ojos en dos preciosos jades brillantes.

–¿Qué ves?

–No lo sé... Se te da muy bien ocultar lo que sientes.

–Entonces tendré que demostrártelo –susurró justo antes de bajar la cabeza para empezar a besarle los muslos y acariciarlos con la lengua.

–¡No, Zac!

–Mmmm. Sabes a agua salada, a sol y a calor...

Pandora se estremeció, pero no volvió a protestar. Se quedó en silencio mientras él iba subiendo y separó las piernas de manera instintiva para que él pudiera retirar la tela de las braguitas del bikini y cuando sintió su lengua... ahí... cerró los ojos y echó la cabeza hacia atrás. Con el primer gemido de placer, se olvidó de que estaba desnuda y toda su atención se centró en lo que estaba sintiendo.

Después empezó a estremecerse y poco a poco se adentró en un lugar cálido y plateado. Abrió los ojos y se encontró con su rostro, resplandeciente por el triunfo conseguido.

–Podría hacerme adicto a tus orgasmos.

Pandora sintió que le ardían las mejillas, repentinamente consciente de la situación y cambió de postura para cubrirse un poco.

–No. Eres preciosa. Como una flor.

–Zac, haces que me dé vergüenza.

Él se acercó a abrazarla y tiró de ella hasta que sintió el agua en los muslos. Pandora lo rodeó con las piernas.

–¿Y tú? –le preguntó al oído.

–¿Qué pasa conmigo? –había un indicio de risa en su voz mientras le agarraba las nalgas con ambas manos.

–¿No quieres…?

–¿Tener un orgasmo?

–Sí –dijo ella enterrando el rostro en su cuello y sumergiéndose en su delicioso olor.

–Tenemos toda la tarde para hacer el amor.

–¿Aquí? –aquello hizo que levantara la cara y lo mirara–. ¿En la playa?

–¿Por qué no? Estamos solos.

Entonces sus bocas volvieron a encontrarse y también lo hicieron sus lenguas. Las manos que la agarraban la apretaron con fuerza y Pandora comenzó a mover las caderas de manera inconsciente, guiada por el deseo. Él la levantó sólo un poco, de manera que su erección quedara justo entre sus piernas, rozando los pliegues más sensibles de su cuerpo.

–Ahora –le pidió con un escalofrío.

Él se echó a reír.

–Ten paciencia. Tenemos mucho tiempo. Volveremos a la playa y entonces podrás tenerme.

–No quiero esperar. Lo quiero ya.

Zac tenía la respiración entrecortada.

–¿Así?

Pandora arqueó la espalda al sentir el roce de su miembro.

–Sí, así.

Con un solo movimiento, se adentró en ella, haciéndola estremecer de placer. Ella gimió y se agarró con fuerza a sus hombros. Con cada movimiento, Pandora sentía los latidos de su corazón retumbándole en la cabeza hasta convertirse en un verdadero estruendo.

Entonces lo oyó maldecir y se dio cuenta de que el

estruendo no estaba dentro de su cabeza sino que era real, era el ruido de un helicóptero. Levantó la mirada y, automáticamente, cruzó los brazos sobre el pecho... pero ya era tarde.

–No te preocupes, es imposible que nos vean. La roca nos tapa –diciendo eso, la apretó contra sí y continuó moviéndose con más fuerza.

Pandora se debatía entre el miedo a que los vieran y las sensaciones que invadían su cuerpo y amenazaban con llevarla hasta el clímax.

–No puedo más –dijo él con voz ronca.

–No se te ocurra...

Se movía salvajemente dentro de ella.

–No puedo... –y entonces empezó a estremecerse.

Pandora sintió una terrible frustración, pero sólo duró un segundo porque el ruido de aquel motor enseguida lo inundó todo y sólo pudo pensar en la posibilidad de que los vieran.

–¿Quién demonios será?

Pandora esperaba que fuera cierto lo que le había dicho Zac, que nadie excepto su familia conocía aquella isla. Y que la prensa no los hubiera descubierto.

Se vistieron rápidamente y volvieron a la casa sin decir una palabra. Una vez allí, Pandora siguió a Zac escaleras arriba, consciente de que tenía el pelo alborotado y la ropa mojada, cualquiera que la viera adivinaría de inmediato lo que habían estado haciendo.

Al oír la voz de una mujer, Zac aceleró el ritmo.

–¿Qué haces aquí, Katy?

–No seas maleducado, hermanito –lo reprendió Katy meneando la cabeza–. Pandora, me alegro de verte –dijo dándole un efusivo abrazo y un beso en la mejilla–. Estás guapísima con ese bronceado –respiró hondo y sonrió con alegría–. Yo he engordado un poco, el médico me dijo que estaba demasiado delgada... estamos intentando tener un hijo.

Zac suspiró con resignación.

–Supongo que eso quiere decir que no vas a tener la sensatez de dejar a Stavros.

–¡Zac! –su hermana le dio un golpecito en el brazo–. No bromees.

Al mirarlo Pandora tuvo la sensación de que no era ninguna broma; estaba muy serio y tenía los labios apretados. ¿Qué habría hecho el marido de Katy para ganarse tanto odio?

–¿Dónde está Stavros? Espero que no lo hayas dejado en Mónaco.

–¡Zac! No seas malo. Sabes que hemos estado en Londres –Katy seguía tomándose a broma todo lo que Zac parecía decir con total seriedad–. Está aquí. Vendrá enseguida, ha ido a darse una ducha rápida. Sé amable con él, Zac. Hazlo por mí, por favor –le pidió con gesto implorante–. Me ha prometido que no volverá a acercarse a una mesa de casino.

–Lo creeré cuando lo vea –murmuró Zac.

Pandora miró a Katy para ver cómo recibía la respuesta de su hermano y, o no lo había oído, o prefería no darse por enterada. Era evidente que los dos hermanos necesitaban hablar en privado, así que se dio media vuelta para dejarlos solos, pero se quedó inmóvil al ver el hombre que había en la puerta.

–¡Steve! –el sonido apenas pudo salir de su boca.

No podía ser, no en aquel momento. Pero aquel hombre se parecía terriblemente. El mismo pelo moreno, los mismo ojos marrones...

No había duda... era Steve.

Algo mayor y también menos atlético, pero seguía siendo muy guapo... y muy consciente de su belleza. Él aún no la había visto, estaba concentrado en dirigir su encantadora sonrisa hacia Zac, que no parecía muy encantado. Pero claro, él no era una tímida jovencita de diecisiete años.

Dios, aquello era una pesadilla.

–Stavros, te perdiste nuestra boda. Permíteme que te presente a mi mujer, Pandora.

Por fin Steve... Stavros la miró. Pandora deseó que la tragara la tierra. ¿Cómo había podido enamorarse de aquel hombre? Comparado con Zac parecía tan insignificante.

–¿Pandora? –Zac la miró frunciendo el ceño.

–Hola –dijo ella efusivamente para compensar por sus malos modales, pero al mismo tiempo estaba rezando: «no digas nada, por favor».

Sólo con ver cómo la miró supo que Stavros se acordaba de ella.

–Cuánto tiempo sin verte. ¿Cómo estás, Pandora?

Aquellas palabras fueron como el sonido de la muerte para ella.

Se hizo un silencio ensordecedor.

–¿Conoces a Pandora? –fue Katy la primera que habló–. Qué coincidencia y qué bien para Pandora porque no conoce a casi nadie. ¿De qué os conocéis?

Steve... Stavros debió de ver la desesperación en sus ojos porque se echó a reír como quitándole importancia.

–Fue hace mucho tiempo.

–No pudo ser hace tanto –corrigió Zac–. Mi esposa aún no ha cumplido los veintiún años y hasta hace poco estaba interna en un colegio para señoritas. Cuéntanos, Politsis, por favor.

–Zac… –le dijo Pandora poniéndole la mano en el brazo–. ¿Puedo hablar contigo a solas?

–¿Ahora?

–Sí –Pandora era consciente de que debía de estar lívida de miedo.

«Una esposa pura de cuerpo y mente».

Dios, ¿por qué le había mentido? Zac nunca la perdonaría, pero tenía que intentar explicárselo…

Pandora empezó a moverse hacia la puerta tirando de Zac.

–Cuéntanos, Stavros, ¿dónde os conocisteis Pandora y tú? –le preguntó Katy a su marido.

Pandora comenzó a caminar más rápido, con los nervios en tensión.

–Nos conocimos en Sardinia. Pandora estaba allí con unos amigos.

Zac se detuvo en seco.

–Zac, necesito hablar contigo –insistió ella con desesperación.

–Espera.

El pánico se apoderó de ella.

–Zac, ven… por favor.

–Vaya –Katy parecía muy intrigada–. ¿Alguien que yo conozca?

–No, yo me hice amigo de uno de ellos porque teníamos otro amigo en común… y empecé a jugar con ellos al voleibol en la playa.

Al oír eso, Zac se dio media vuelta y le lanzó a su cuñado una mirada heladora antes de mirarla a ella con gesto acusador. Pandora se estremeció y tuvo que apartar la vista de él, incapaz de enfrentarse a aquellos fríos ojos verdes.

–Pandora, mírame.

Ella negó con la cabeza.

–¡Mírame!

Por fin levantó la vista y vio el dolor y la ira reflejados en su rostro. Tragó saliva y se obligó a seguir mirándolo. Zac lo sabía.

–Me dijiste que estaba muerto –dijo entre dientes.

Capítulo Ocho

Pandora salió corriendo.

Se encerró en el baño de invitados y se mojó la cara con agua fría, pero eso no hizo que se sintiera mejor. Al menos sí consiguió que se le normalizara el pulso. No podía quedarse allí todo el día, así que finalmente se secó las manos y la cara y fue hacia la puerta.

Afuera todo estaba en silencio. No se oían gritos, pero claro, Zac era demasiado civilizado para gritar a nadie. Pandora abrió la puerta con el corazón en un puño.

Se sobresaltó al verlo esperándola al otro lado.

–Espera.

Se relajó un poco al comprobar que no era Zac sino Steve.

–Fuiste una novia guapísima. El patito se ha convertido en un hermoso cisne.

–No sabía que Zac fuera tu cuñado, Steve –«de haberlo sabido, jamás me habría casado con él». Pero de nada servía eso ya.

–Me llamo Stavros, Steve es sólo la traducción al inglés.

–No viniste a la boda –recordó Pandora sin hacer el menor caso a la explicación–. ¿Sabías que era yo?

–¿Cómo no iba a saberlo con todas las fotos que publicaron las revistas? Imagina mi sorpresa cuando leí que mi cuñado había tenido mucha suerte al encontrarte... la joven rica y bella virgen que encajaba a la perfección con la leyenda de los Kyriakos.

«No busques esas fotos en la prensa de mañana porque irán acompañadas de mentiras y de verdades a medias que no harán más que ponerte triste». Recordó aquellas palabras de Zac que le habían parecido tan románticas. Ahora sabía por qué había insistido tanto en que no mirara los periódicos, porque no había querido que descubriera el verdadero motivo por el que se había casado con ella.

Pandora intentó controlar la incómoda sensación que tenía en el estómago. Tenía que pensar con claridad antes del inevitable enfrentamiento con Zac.

–Escucha, yo entonces era muy joven.

–Me hiciste daño –dijo llevándose la mano al corazón–. Intenté ponerme en contacto contigo, pero tu padre...

–No te dejó. Lo sé. Pensaba que eras un oportunista –lo miró de arriba abajo y se preguntó si su padre habría estado en lo cierto. ¿La habría buscado por la fortuna de su padre?

¿Se habría casado con Katy por su dinero?

–Eso ya no tiene ninguna importancia. Los dos estamos casados... –dejó de hablar al ver el desprecio con que él la miraba. Le latían las sienes–. ¿Qué? ¿Por qué me miras así?

–Tú no seguirás casada mucho tiempo. Para Zac eres un producto dañado... es el heredero de los Kyriakos. Tu matrimonio está acabado, Pandora.

–¿Qué está pasando aquí? –Zac apareció por la puerta como un depredador en busca de su presa y enseguida se dio cuenta de lo cerca que Stavros estaba de Pandora–. ¿Qué es este tierno reencuentro?

El dolor de cabeza de Pandora no hizo más que aumentar al oír. «Un producto dañado». Se le revolvió el estómago.

–Disculpadme.

–Tú no vas a ninguna parte, esposa mía.

Pero Pandora no podía más. Apartó el brazo de Zac y volvió a encerrarse en el baño. Apenas le dio tiempo a llegar al inodoro antes de empezar a vomitar por culpa del miedo.

Cuando volvió a salir, Zac la esperaba con los brazos cruzados sobre el pecho y mirada sombría. Stavros se había ido.

Pandora pasó a su lado con la mirada clavada en el suelo.

–Pandora...

–Ahora no, Zac –se apartó de él y echó a correr. Llegó a su habitación con el corazón en la garganta. Nadie la había seguido.

Después de cerrar la puerta con cerrojo, Pandora se preparó un baño con la esperanza de que el agua caliente arrastrara el dolor y el sentimiento de culpabilidad.

¿Por qué había tenido que mentir a Zac? Por supuesto que había querido olvidar la estupidez que había cometido al acostarse con Steve... Stavros, tenía que acostumbrarse a llamarlo así.

La mejor manera que se le había ocurrido de olvidarse de todo era pensar que estaba muerto, porque para ella aquel tipo estaba muerto. No esperaba volver a verlo en su vida y había mentido sin pensarlo. Ahora sabía que no había sido buena idea. Zac jamás la perdonaría por haberle mentido. Cuanto antes se hiciera a la idea, mejor.

Lo peor de todo era que lo que más deseaba en el mundo era seguir casada con él.

Por supuesto que le había puesto furiosa que la llevara allí sin su consentimiento, pero nada de eso había impedido que sintiera lo que sentía por él.

Lo amaba con todo su corazón.

Se llevó las manos a la cara y recordó con enorme dolor la semana y media que había pasado con él. Había sido maravilloso, una luna de miel de fantasía.

Sin embargo para Zac aquél era un matrimonio de conveniencia, excepto por la pequeña inconveniencia de que ella no fuera virgen. Aun así él había decidido seguir casado con ella y eso había hecho que Pandora albergara la esperanza de que algún día acabara amándola. Al fin y al cabo le había dicho que había muchas cosas que le gustaban de ella. De algo tendría que servir todo eso.

Pero no después de que le hubiera fallado de ese modo. Ahora sabía que se había acostado con su cuñado y que le había mentido.

Ya no podía cambiar el hecho de haber perdido la virginidad con Stavros y el no ser virgen no la hacía mejor o peor persona. Pero le había mentido. Le había dicho que Steve estaba muerto y eso era algo que jamás podría perdonarse a sí misma.

Y dudaba mucho de que él lo hiciera.

Pasaron varias horas antes de que Pandora reuniera las fuerzas necesarias para volver a ver a Zac. Por fin bajó al salón, donde se enteró de que Katy y Stavros se habían ido.

–Les he pedido que se fueran –Zac estaba de pie junto a las ventanas.

Pandora se sentó en uno de los sillones de piel color marfil e hizo un esfuerzo por no echarse a llorar.

–Tu hermana quería verte. No dejes que esto se interponga entre vosotros... sé que estáis muy unidos.

–¿Cómo no va a interponerse? –Zac no la miraba a los ojos–. Cada vez que vengan a visitarme me veré obligado a ver al hombre con el que mi mujer perdió la virginidad.

–Lo siento –murmuró con desesperación.

Él no respondió.

–¿Quieres el divorcio?

Zac miró a su esposa, sorprendido por la pregunta. Estaba muy pálida y le temblaba el labio inferior, lo cual le hacía pensar que aquello estaba siendo muy duro para ella, sin embargo sus ojos lo miraba con firmeza. No trataba de huir de su mentira y era evidente que sabía lo que dicha mentira implicaba. Por su parte Zac deseaba negarlo todo, decirle que no importaba porque ahora era su esposa y siempre lo sería.

Pero claro que importaba. Él era el heredero de los Kyriakos y siempre había sabido la responsabilidad que eso suponía. La miró a los ojos, incapaz de pronunciar la palabra que sabía que debía decir. «Sí».

Pandora debió de adivinarlo en su mirada porque se mordió el labio hasta dejar una marca blanca en la piel. Zac deseaba pedirle que dejara de hacerlo.

Dio un paso hacia ella y, automáticamente, Pandora subió las piernas al sillón, colocándoselas delante del pecho como si pudieran servirle de escudo.

–Entonces Stavros tenía razón. Dijo que querrías divorciarte de mí.

Zac habría deseado echarle las manos al cuello a su detestable cuñado y hacerle pagar por el daño que le había hecho a Pandora.

–No quiero divorciarme –aseguró él.

–No tienes otra opción, eso es lo que dijo Stavros.

No le gustaba que hubiera estado hablando con él, pero lo que menos le gustaba era que lo que le había dicho fuera cierto. El hecho de que no tuviera otra opción no significaba que quisiera hacerlo. Pero, ¿cómo iba a seguir casado con ella en tales circunstancias? Si alguien lo descubría...

–Tengo que pensarlo –dijo con un suspiro–. No quiero tomar una decisión precipitada.

Pandora lo miró con los ojos muy abiertos.

–¿No vas a pedir el divorcio inmediatamente?

–Necesito tiempo para asimilar la noticia de que... tuvieras relaciones íntimas con mi cuñado y el hecho de que me mentiste sobre su muerte –necesitaba tiempo para decidir si podía seguir con una mujer a la que había desflorado su cuñado. Para saber si podría dejarla marchar. Para calmarse antes de tomar la decisión más importante de su vida. Respiró hondo antes de hablar–. ¿Qué más te dijo Stavros?

–Que...

El dolor que había en sus ojos le rompía el corazón.

–¿Qué?

–Que ahora soy un producto dañado.

–Maldito sea. Ahora mismo podría matarlo.

–¡Zac! Es el marido de tu hermana.

Tenía razón, pero se volvía loco sólo de imaginar que Pandora hubiera estado con él. Jamás había sentido nada parecido por una mujer. Ese sentimiento de posesión, esa necesidad de protegerla.

–No puedo creer que le dejaras... –meneó la cabeza con pesar–. ¿Qué tiene Stavros Politsis? Mi hermana está tan loca por ese tipo que es imposible convencerla de que lo deje.

–¿Has intentado hacerlo?

–Cuando se prometieron, intenté pagarle para que la dejara, pero no lo aceptó. Debía de estar frotándose las manos ante la perspectiva de lo que le esperaba. Ese granuja no es digno de pertenecer a nuestra familia –entonces le lanzó una feroz mirada–. Quiero que de aquí en adelante te mantengas alejada de él. No quiero que se acerque a ti.

Pandora levantó la cabeza dignamente y lo miró con ojos ardientes.

–¿Por qué iba a querer que se acercara a mí? Ese hombre no significa nada para mí.

–Espero siga siendo así –Zac echó la cabeza hacia atrás y cerró los ojos–. Mañana volvemos a Londres. Stavros lo ha estropeado todo. Se me han quitado las ganas de continuar con la luna de miel.

Al día siguiente Zac se dio cuenta de que estaba mirando mal a Pandora mientras ella se acurrucaba en el asiento del helicóptero. No la había visto en todo el día, hasta que ya por la tarde le había pedido a Maria que fuera a avisarla de que el helicóptero los esperaba.

¿Por qué se comportaba de ese modo? No podía olvidar el modo en que lo había mirado el día anterior después de pedirle que no se acercara a Stavros.

–¿Qué demonios te ocurre? –le preguntó por fin–. ¿Por qué te sientas hecha una bola?

–No me gusta volar en estos aparatos.

–No tardaremos en llegar a Atenas.

–¿Y entonces qué?

Zac se quedó callado unos segundos.

–Ya te he dicho que necesito tiempo. No me metas prisa para tomar una decisión tan importante.

Pandora lo miró con los ojos muy abiertos. Estaba aún más pálida que cuando había salido a la azotea. Al ver su nerviosismo se le pasó por la cabeza la posibilidad de que tuviera miedo a la altura... o a volar. Pero no podía ser, el vuelo desde Nueva Zelanda lo había hecho sin ningún problema. Simplemente estaba enfadada con él.

Echó un vistazo por la ventanilla, pero al volver a mirarla se dio cuenta de que estaba temblando y algo se estremeció dentro de él. Pandora estaba llorando.

–Pandora... sé que ha debido de ser muy difícil para ti volver a ver a Stavros.

Se volvió a mirarlo con los ojos llenos de lágrimas.

–Esto no tiene nada que ver con Stavros. Lo que ocurre es que odio volar, me aterra.

Zac recordó de pronto la mirada de pavor que había visto en sus ojos justo antes de subirse al helicóptero y se sintió culpable al acordarse del ataque de histeria que había tenido en el viaje de ida.

–Deberías habérmelo dicho –se acercó un poco más a ella y le retiró el pelo de la cara–. Si me lo hubieras dicho, te habría dado algo para que te tranquilizaras.

–¿Quieres decir que me habrías drogado? Así te habría resultado más fácil secuestrarme.

–Me refería a ahora, no a cuando te traje aquí. Un sedante habría hecho que no lo pasaras tan mal.

–No necesito ningún tipo de droga. No debería haber tenido que pasar por ninguno de los dos vuelos... nunca deberías haberme metido en un helicóptero para traerme aquí –regañarlo a él le hacía sentir mucho mejor, hacía que se olvidara de que tarde o temprano Zac tomaría una decisión y sin duda sería la de pedir el divorcio.

–Tienes que superar un miedo tan irracional.

–No es irracional –aseguró tajantemente–. Mi madre murió en uno de éstos.

–Dios mío. ¿Cuándo?

–Cuando yo tenía siete años.

A Zac lo habían apartado de su madre a los seis años, por lo que seguramente entendiera lo que había supuesto perder a la suya a los siete.

–No lo sabía –dijo en un murmuro–. Ni tu padre ni tú me lo habíais contado.

–¿Se supone que eso tiene que hacer que me sienta mejor? ¿Sólo porque no me metiste en un helicóptero deliberadamente?

–Deberías habérmelo dicho.

–¿Cuándo? ¿Tengo que recordarte que me dijiste que ibas a llevarme al aeropuerto para que pudiera tomar un avión? No me enteré de nada hasta que no oí el terrible estruendo de las hélices y entonces me tenías echada al hombro como un saco y el terror no me dejaba darte ningún tipo de explicación. Te supliqué que me soltaras.

–Pensé que era porque no querías venir conmigo.

–¿Y eso te parece una excusa? No me hiciste caso porque sabías que no quería que me secuestraras, ¿no es eso?

–No seas sarcástica.

–¿Cómo esperas que me comporte? ¿Con sumisión? Me temo que te has equivocado de mujer. Debería denunciarte a la policía, ya puedo ver los titulares: «Magnate desesperado secuestra a su mujer».

–Espero que sea una broma.

Pandora jamás haría algo así. Lo amaba demasiado. Giró la cabeza para no verlo, pero entonces se encontró mirando al vacío.

–¡Dios! –hundió el rostro entre las manos para huir del pánico.

–Ven aquí –Zac la estrechó en sus brazos–. No dejaré que te pase nada.

El olor de su cuerpo la rodeó de pronto y el pánico fue haciéndose más y más leve, hasta que fue sustituido por algo mucho más peligroso... el deseo.

Zac no apartó la mirada de Pandora mientras atravesaban el aeropuerto de Heathrow hacia la salida. Seguía estando muy pálida y parecía agotada. No le extrañaba que lo odiara tanto después de haberla obligado a subirse en un helicóptero al día siguiente de la boda, por su culpa había vivido una auténtica pesadilla. Había sido un auténtico malnacido. El hecho de que no hubiera sabido que su madre había muerto en un accidente de helicóptero no era excusa. Ahora sólo deseaba compensarla por todo lo que le había hecho pasar.

¿Estaría dispuesta Pandora a dejar que lo hiciera?

Al ver al primer fotógrafo, Zac rodeó a su mujer con un brazo y la condujo hacia donde los esperaba el coche.

Una vez dentro, Pandora no apartó la mirada de la ventanilla, dándole a él la espalda. Zac odiaba aquel silencio. Sentía la tristeza de Pandora separándolos cada vez más. En nada se parecía aquella mujer a la sirena con la que había hecho el amor en la playa el día anterior. Por un segundo deseó poder volver a aquel momento, antes de ser golpeados por la realidad que les había revelado la llegada de Stavros. Una realidad que lo había cambiado todo.

***

La casa que Zac tenía en Londres se encontraba muy cerca de Hyde Park y era un bonito edificio blanco adornado con flores. El teléfono estaba sonando cuando Zac y Pandora atravesaron la puerta principal y él tuvo que ir a atenderlo a petición de Aki.

Pandora lo oyó de lejos.

–Sin comentarios.

¿Por qué lo llamaría la prensa?

Fue hasta donde él estaba, un acogedor salón con una enorme alfombra oriental y dos sofás color chocolate situados frente a la chimenea. Zac estaba de espaldas a la puerta, con la cabeza baja a pesar de haber terminado ya de hablar.

–¿Zac? –la expresión de su rostro cuando por fin se volvió a mirarla no hizo más que preocuparla aún más–. ¿Qué ocurre?

–Lo saben.

–¿Qué es lo que saben? –preguntó Pandora, aunque ya sabía la respuesta.

Se dejó caer en el sofá más cercano y se llevó las manos a la cara.

–La prensa sabe lo de Stavros… sabe que fue tu amante antes de casarte conmigo. Saben que no eras virgen cuando te convertiste en mi esposa –siguió relatándole con tono funesto–. Ahora se preguntan si yo también lo sabía y decidí engañar al mundo entero o si yo, el heredero de la familia Kyriakos, fui el engañado.

Acto seguido Zac marcó un número y habló con alguien en griego.

Había llegado el final. Zac debía de odiarla.

–Lo siento mucho –le dijo él con una voz profunda que le encogió el corazón–. La prensa sensacionalista no tendrá piedad de ti. Va a ser un infierno.

–¿Para mí? –preguntó ella sin comprender–. ¿Y tú?

–Sobreviviré.

Claro que lo haría, pensó Pandora. Esa fortaleza de espíritu era lo que lo hacía distinto a los demás. Un hombre que había vivido siempre consciente de la posición que ocuparía algún día y que había seguido su camino sin jamás errar el paso... hasta que ella lo había estropeado todo. ¿Por qué habría de pagar él por sus errores?

Pandora miró al suelo y deseó que se abriera bajo sus pies y la tragara. Sabía que Zac iba a pagar el precio, que se sentiría humillado delante de sus socios y de sus amigos.

Y todo por su culpa.

Por fin levantó la vista y observó los hermosos rasgos de su rostro. Tenía ojeras y una arruga de preocupación entre los ojos, pero eso sólo lo hacía más atractivo.

–Seguro que lamentas haberme conocido.

Zac la observó durante varios segundos sin decir nada, con una expresión insondable.

–Eso ya no tiene remedio.

No lo había negado, era evidente que deseaba no haberla conocido. Pandora no lo culpaba por ello, no le había ocasionado nada más que problemas. Resultaba muy doloroso.

Por fin se atrevió a volver a hablar.

–¿Quién habrá filtrado la noticia a la prensa?

–No lo sé, pero créeme, no tardaré en averiguarlo. Y cuando le ponga las manos encima al responsable, me aseguraré de que desee no haberlo hecho.

Pandora sintió cierta lástima por quien lo hubiera hecho. Tenía que ser alguien muy cercano. Se le pasó por la cabeza que hubiera sido Stavros, pero al ver el gesto de ira de Zac, prefirió no mencionar su nombre. Pero no podía haber sido tan estúpido. ¿Por qué iba a poner en peligro su matrimonio? Pensó en las otras personas a las que había conocido desde que estaba con Zac. Sólo esperaba que ninguno de sus empleados lo hubiera traicionado; Zac sería implacable con el culpable.

A la mañana siguiente Pandora despertó en la habitación de invitados por culpa del jaleo que llegaba del exterior. Se levantó de la cama a toda prisa y fue hacia la ventana.

Echó un vistazo sin apenas correr las cortinas. La calle estaba llena de periodistas y fotógrafos. La noticia debía de haber aparecido en los titulares de todos los periódicos y Zac debía de estar maldiciéndola mientras intentaba controlar el efecto que tal publicidad iba a causar en su familia y en sus negocios.

Se duchó y se vistió a toda prisa. Con aquella ropa y el ligero toque de maquillaje, nadie podría adivinar la vergüenza y la tristeza que la destrozaban por dentro.

Ahora sólo tendría que liberar a Zac de todos los problemas que le había ocasionado.

Sacó el teléfono móvil de su bolso y se sentó al borde de la cama.

–¿Papá? –preguntó en cuanto oyó la voz al otro lado de la línea.

Hubo un breve silencio antes de que pudiera oír un suspiro.

–Ya me he enterado, Pandora. La noticia ha salido en las noticias de la noche. ¿Es verdad? ¿Perdiste la virginidad con el cuñado de Zac?

–Papá, tengo que salir de su vida cuanto antes. Necesito volver a casa.

Quizá si se escondía en la otra punta del mundo,

no tendría que enfrentarse a la mirada de Zac y reuniría las fuerzas necesarias para afrontar la vergüenza de ver su rostro en todas las revistas y para hacerse a la idea de que ya no sería nunca más la esposa de Zac Kyriakos.

–¿Es verdad, Pandora?

¿De qué servía negarlo? Todo aquello había ocurrido hacía mucho tiempo.

–Sí.

A pesar de la distancia, oyó suspirar a su padre.

–¿Perdiste la virginidad a los diecisiete años con el hombre que ahora es tu cuñado?

Parecía tan sórdido.

–Sí –dijo tragándose un sollozo.

–¡Pobre Zac!

La respuesta de su padre se le clavó en el alma. Quizá había sido una egoísta, pero había llamado a su padre en busca de un poco de comprensión.

–¿Y yo? Zac y tú ideasteis este matrimonio a mis espaldas. Yo no sabía que tuviera que ser virgen. Yo me enamoré de Zac sin saber que sólo se había casado conmigo porque creía que era virgen, ¡que él no me amaba! He sido una tonta... por segunda vez en mi vida –todo el dolor y las decepciones de las dos últimas semanas se apoderaron de ella.

Durante varios segundos Pandora no recibió respuesta alguna a su llanto.

–Papá...

–Pandora, yo te presenté a Zac porque lo respeto y lo admiro. Él necesitaba una esposa y a mí me parecía una maravilla que pudierais estar juntos. Eres mi única hija y siempre me ha preocupado que te hiciera daño algún tipo sin escrúpulos que se acercara a ti sólo por tu dinero. Ahora tu casa esta allí, junto a Zac.

–Pero él ya no me querrá aquí. No le he traído nada más que problemas –volvió a sollozar–. Pero tienes razón, no puedo dejarlo solo en estos momentos. Gracias, papá –añadió antes de colgar.

Encontró a Zac en el salón, con todas las cortinas echadas para que la prensa que asediaba la casa no pudiera obtener la menor imagen. Pandora no quería ni imaginar lo que estarían publicando de ella, seguramente algo parecido a lo que le había dicho Stavros.

El corazón le dio un vuelco al ver que Zac tenía un periódico en la mano.

–Déjame verlo –él intentó esconderlo–. Quiero ver lo que dicen de mí.

Finalmente se lo dio con un suspiro de resignación.

–No dejes que te afecte. Hay muchas mentiras.

Los titulares eran mil veces peores de lo que había imaginado. Por un momento deseó haber vuelto a Nueva Zelanda, junto a su padre.

Zac engañado por una falsa virgen, decía uno. *Magnate en ridículo tras casarse,* aseguraba otro.

–¿Qué efecto va a tener todo esto en la empresa? –preguntó Pandora, visiblemente horrorizada.

–Las acciones ya han caído –Zac debió de adivinar la preocupación en su mirada, porque enseguida se apresuró a añadir–: No tardarán en estabilizarse, esto sólo es temporal. Ya veremos qué ocurre al final del día en Wall Street.

–No sabes cuánto lo siento –dijo ella con apenas un hilo de voz.

–Trata de no pensar en ello –le aconsejó Zac–. Saldremos de esto.

–Ojalá pudiera hacer algo.

Pero Zac había encendido la televisión y estaba buscando los canales de noticias con el ceño fruncido.

***

Al final del día Pandora estaba destrozada. Se metió en la cama temprano, incapaz de mirar a Zac a la cara. Lo cierto era que tenía la esperanza de que él fuera a verla y le hiciera el amor, que la ayudara a olvidar todo lo que estaba sucediendo.

Pero después de un largo rato de tensa espera, empezó a pensar con claridad. Zac no iría a verla aquella noche. No podía seguir casado con ella después de lo ocurrido; no tenía otra opción que divorciarse de ella.

Al darse cuenta de la realidad, la invadió un frío helador que la hizo temblar. El futuro que la esperaba resultaba oscuro y aterrador sin Zac.

Pero aún tenía algún tiempo hasta que él le pidiera que lo liberara de los votos matrimoniales. Aquellas noches le servirían de consuelo en los momentos de soledad que la esperaban. De pronto se preguntó si era capaz de hacerlo. ¿Se atrevería a meterse en la cama de Zac? Podría darle algunas noches de placer para compensarle por el caos que había sembrado en su vida.

Se levantó de la cama, temblorosa y fue hasta el armario en el que una doncella había colocado su ropa. Allí encontró un diminuto camisón plateado que se había comprado para la luna de miel y que aún no había estrenado. Tardó menos de un minuto en despojarse del cómodo camisón de algodón blanco, cepillarse el pelo, echarse sólo una gota de perfume y ponerse la seductora prenda de seda.

Con el corazón golpeándole el pecho, abrió la puerta de la habitación y salió al pasillo, descalza para no hacer ruido.

Se detuvo frente a la puerta del dormitorio de Zac.

Aún no estaba segura de poder hacerla cuando puso la mano en el picaporte y lo giró.

Zac estaba metido en la cama, arropado sólo hasta la cintura y con el pecho desnudo. Al verla se quedó inmóvil.

–He venido a decirte que lo siento –la expresión de su rostro hizo que Pandora fuera realmente consciente de la poca ropa que llevaba, de lo pequeño y provocativo que debía resultar aquella prenda. Tragó saliva y empezó a darse media vuelta–. Puede que no haya sido buena idea.

Zac la miró fijamente, con los ojos brillantes y puramente masculinos.

–Ven aquí.

Capítulo Nueve

Por un momento Zac tuvo la sensación de que Pandora iba a salir corriendo y tuvo la absoluta seguridad de que no dejaría que ocurriera.

De pronto no le importaba por qué estaba allí, que pudiera ser porque se sentía culpable por haberle mentido. No importaba. Lo único que importaba era que estaba allí. Que podría besarla, sentir su piel bajo las manos y su húmedo interior recibiéndolo a él.

–Ven –le dijo levantando las sábanas.

Atravesó la habitación en un segundo y se tumbó a su lado sin tocarlo. Zac se apoyó en un codo y miró a su esposa. Estaba boca arriba, tensa y en silencio, mirando al techo. Su piel resplandecía y su cabello brillaba contra las sábanas blancas.

–Eres la mujer más hermosa del mundo –susurró acariciándole el hombro.

Ella lo miró a los ojos y algo se encendió en ellos al encontrarse con los suyos. El calor nació de lo más hondo de su cuerpo y lo invadió por completo. Jamás había deseado tanto a una mujer. Nunca había sentido tanta ternura... tanto dolor... como los que le provocaba Pandora.

Vio cómo sus labios se entreabrían y no pudo aguantar la tentación de besarlos. Tenía una boca tan cálida, tan suave. Siguió besándola, jugando con su lengua, mientras con la mano buscaba el final del camisón. Después fue subiendo lentamente por su cuerpo hasta bajarle los tirantes de la prenda y poder ver sus pechos. Volvió a bajar y poco a poco, sus dedos llegaron a aquella cueva húmeda. Los pezones reaccionaron al placer endureciéndose de inmediato.

–Eres preciosa –susurró al tiempo que se inclinaba para chupar aquellos montes.

Pandora arqueó la espalda con un gemido y se estremeció bajo él.

Zac sentía la erección de su miembro, preparado para ella. Y justo en ese momento, Pandora deslizó una mano entre ambos cuerpos y lo agarró suavemente. Zac levantó la mirada hacia ella.

–¿Estás segura?

–Claro.

Su mano empezó a moverse sobre él y lo volvió loco de placer.

–No sigas. No podré aguantarme.

Pero Pandora continuó como si no hubiera hablado y Zac no supo si maldecir o besarla.

Después de un rato se movió hasta colocarse donde él pudiera sentir su calor entre las piernas, dejándole paso hacia su interior. Zac sólo tuvo que empujar unos centímetros para adentrarse en ella y de pronto sintió que estaba donde debía estar. Apretó los dientes y se esforzó en ir un poco más despacio, pero entonces fue ella la que empezó a moverse.

–Zeus, esto es genial.

Se movieron al unísono, en perfecta sintonía, cada vez más rápido. Sintió el calor de su lengua en el cuello y supo que si no se salía un segundo, no podría continuar. Al volver a entrar ella gimió de placer y le susurró:

–Yo estoy a punto.

–Pandora... –el placer se hizo más y más intenso

hasta que no pudo más, sólo pudo liberarse dentro de ella, dejarse llevar hasta el final.

Sus cuerpos entrelazados sufrieron los mismos espasmos, el mismo placer.

Después, Zac tuvo que esperar un rato para recuperar la respiración.

–Guau.

–¿Eso es todo? –preguntó ella.

El rostro de Pandora resplandecía de placer y de algo más que Zac nunca había visto. Le apartó un mechón de pelo de la cara y se echó a reír.

–Esto aún no ha acabado –dijo Pandora.

Pero hubo algo en su tono de voz que atrajo la atención de Zac e hizo que la mirara de nuevo. Lo que había visto en sus ojos era resignación... y cierta... ¿desesperación? De pronto sintió una punzada en el pecho.

No. No podía estar diciéndole adiós.

–¿Qué quieres decir con que esto no se ha acabado? –preguntó él intentando ocultar su propia desesperación.

Ella esbozó una sonrisa, pero su mirada seguía triste.

–Tenemos esta noche y algunas otras más. Pero en algún momento tendrás que tomar una decisión, Zac. Tendrás que decidir qué hacer con nosotros, con nuestro matrimonio. Yo ya sé qué decidirás. Tendremos que divorciarnos... No puede ser de otro modo.

Divorcio.

Sería el final de aquella mágica dulzura que había entre ellos y eso no era lo que él deseaba. Había crecido sabiendo que los Kyriakos no se divorciaban, pero en su caso no había otra solución. De pronto sintió una terrible angustia en la boca del estómago.

¿Acaso había otra solución? Por primera vez en toda su vida no le importaba el futuro, ni lo que pensaran los demás. Ya no le importaba el pasado de Pandora. Lo que más deseaba en el mundo era borrar esa tristeza que ensombrecía sus ojos; quería volver a verla feliz. Lo importante era que estaban juntos. ¿Qué más daba lo que pensaran los demás del heredero de los Kyriakos, o lo que su abuelo hubiera esperado de él, o que alguien creyera que había manchado el buen nombre de su familia? Zac no era como su padre. Nunca fallaría a su mujer.

Y no tenía intención de dejarla escapar.

Jamás.

Antes de que pudiera asimilar lo que acababa de descubrir, Pandora volvió a tocarlo.

–¿Preparado, o quieres que esperemos un rato? Tenemos toda la noche.

Era increíble, pero Zac estaba otra vez excitado y ansioso de estar dentro de ella.

–¿Toda la noche? Entonces será mejor que no perdamos ni un minuto –dijo colocándola encima para que pudiera sentir todo su calor.

Al despertar a la mañana siguiente, Pandora vio a Zac de pie junto a la ventana, vestido con un traje y con las manos en los bolsillos. Él debió de oír que se movía porque se volvió a mirarla.

–Pandora... –empezó a decir algo, pero lo dejó a medias de un modo extraño–. ¿Has dormido bien? Debes de estar muy cansada, así que no tengas prisa por levantarte. Hoy es viernes.

El recuerdo de la noche que habían pasado juntos acudió a su cabeza. Todo lo que habían hecho, la magia que habían creado juntos... y la terrible sensación de que se les acababa el tiempo. Lo miró a los ojos, en busca de respuestas a las preguntas que tanto miedo le daba hacerle. «¿Esto es el final? ¿Cuántas noches más nos quedan? ¿Cuándo tendré que irme? ¿Por qué tienes que ser el hombre que eres... y por qué no puedo ser yo la mujer que necesitas?».

Al final se limitó a decir:

–La verdad es que sí que estoy un poco cansada –¿por qué decía algo tan banal cuando en realidad necesitaba...?

El timbre del teléfono de Zac interrumpió sus pensamientos. Pandora se mordió los labios. ¿Qué habría publicado ahora la prensa?

–Katy viene hacia aquí –anunció Zac después de colgar–. Dice que necesita vernos y no parecía muy contenta –la miró con gesto dulce–. Lo siento, Pandora, me temo que no vas a poder quedarte en la cama.

Katy llegó poco después con la cara enrojecida y los ojos hinchados de tanto llorar. Pandora dejó a un lado el libro que había fingido estar leyendo mientras esperaba en el salón junto a Zac. No había visto a la hermana de Zac desde su aparición en Kiranos. Lo último que necesitaba en aquellos momentos era que Katy condenara su comportamiento.

Zac se levantó del sillón y fue hacia su hermana, que se lanzó a sus brazos.

–Es horrible.

–Lo sé –dijo él con evidente dolor–. Pero pasará.

Pobre Katy, tener que enterarse por los periódicos de que su marido había tenido su amante. Dios, ¿a cuánta más gente iba a afectar aquella estúpida aventura de una noche? Cuánto habría deseado volver atrás en el tiempo... Pero entonces no había sido más que una chiquilla enamorada, o eso creía ella.

–Vas a odiar a Stavros más de lo que ya lo odias –dijo Katy entre sollozos–. Pero tengo que decírtelo.

Zac miró a su hermana fijamente.

–¿Qué ha hecho ahora ese estúpido?

–Acabo de enterarme –comenzó a decir sin poder dejar de llorar–. Un periodista llamó preguntando por él. Fue él el que se puso en contacto con la prensa y vendió la historia de lo suyo con Pandora.

–¿Qué?

La furia que había en el rostro de Zac impulsó a Pandora a ponerse en pie e ir hacia Katy.

–No te enfades con Katy. Ella no tiene la culpa.

Katy se refugió en sus brazos.

–Pensé que no volverías a dirigirme la palabra. Stavros te ha hecho tanto daño.

–Pero tú no.

–Voy a dejarlo –anunció Katy–. No quiero volver a verlo. Esta vez ha ido demasiado lejos.

Zac cerró los ojos al oír aquello.

–Pensé que nunca recobrarías el sentido común.

–No puedo creer lo que ha hecho... Siempre he sabido que no era un hombre fuerte como tú, pero es divertido y hace que me sienta... especial.

–Es un sinvergüenza, un...

La mirada de reprobación de Pandora hizo que Zac no siguiera hablando.

–Sé lo que opinas de él –siguió diciendo Katy, algo más tranquila–, pero pensé que te equivocabas. Pensaba que realmente me quería, por eso nunca hice caso de lo que me decías. Pensaba que si realmente fuera tan sinvergüenza, se habría delatado mucho antes.

–Pájaro en mano...

–Zac –lo interrumpió Pandora–. Cállate.

Y, para su sorpresa, lo hizo.

Katy se echó a reír.

–Vaya, Pandora, creo que te quiero. Creo que es la

primera vez que alguien manda callar a mi hermano y vive para contarlo. No lo dejes nunca, eres la única que puede mantenerlo a raya.

Por un momento parecía que Zac iba a protestar, pero se limitó a negar con la cabeza y decir:

–Mujeres.

Pandora observó detenidamente a Katy, era evidente que había pasado un verdadero infierno, pero ahora parecía haber recobrado la compostura.

–¿Estarás bien sola, sin Stavros? ¿Tienes alguna amiga que se quede contigo unos días? ¿Quieres quedarte aquí?

–Voy a quedarme con Stacy, ella va a llevar el divorcio. Stavros no deja de llamarme a casa y no quiero hablar con él. Voy a cambiar el número y ya tengo uno nuevo para el móvil.

–Parece que vas muy en serio –Zac miraba a su hermana como si no la hubiera visto antes.

–Tengo que hacerlo. Será aún más difícil cuando llegue el bebé.

–¿El bebé? –preguntaron Zac y Pandora al unísono.

Katy se llevó la mano a la boca.

–Aún no se lo había dicho a nadie. Me he enterado hoy. Llevábamos intentándolo desde que tuvimos el aborto... Estaba tan contenta y justo entonces me entero de lo que había hecho Stavros. Así que lo llamé y le dije que no se molestara en volver a casa.

–¿Le has dicho que estás embarazada?

–No tiene por qué saberlo –dijo Katy con firmeza–. Soy perfectamente capaz de criar sola a mi hija.

Pandora se aguantó las ganas de felicitarla por ser tan fuerte en semejante momento.

–¿Ya sabes que es una niña? –preguntó Zac sin comprender.

–Espero que lo sea porque estoy harta de los hombres.

Zac enarcó una ceja.

–De ti no, por supuesto, tú eres mi hermano. Y supongo que se me pasará en cuanto consiga divorciarme de Stavros.

Pandora estuvo a punto de echarse a reír, pero no era el momento, aunque lo cierto era que Katy estaba que echaba chispas.

–No puedo creer que estéis siendo tan amables conmigo después de lo que ha hecho mi marido. Vendió la historia para pagar unas deudas de juego y no dejo de repetirme que yo podría haberlo impedido si le hubiera dejado el dinero que me había pedido. El año pasado cuando me ayudaste con esos prestamistas le prometí que era la última vez. Pero jamás pensé que fuera capaz de hacer algo así.

Cuando Zac volvió de acompañar a Katy a la puerta, encontró a Pandora con una de esas terribles revistas en las manos.

–Acuérdate de lo que te dije cuando viniste a Atenas... esas publicaciones no harán más que ponerte triste.

–Me hiciste prometer que no miraría los periódicos sólo para que no me enterara de que habías conseguido encontrar una mujer virgen en la remota Nueva Zelanda.

–En parte, sí –admitió él–. Pero tampoco quería que leyeras todas las mentiras que inventan.

–Esta vez lo que dicen es cierto.

–Gracias al traidor y sinvergüenza de mi cuñado.

–Y al tremendo error que cometí yo hace tres años. ¿Qué demonios pude ver en Stavros?

Zac hizo una mueca de asco, pero al mismo tiempo se alegraba de no tener que preocuparse de que siguiera sintiendo algo por él.

–Todos cometemos errores en la juventud –aseguró Zac, pero Pandora estaba demasiado concentrada en lo que estaba leyendo.

–¡Dios mío! Aquí dicen que soy la querida de la familia. Me dan ganas de meterme en un agujero y no volver a salir. Dicen que conocí a Stavros en un club de mala muerte y se atreven incluso a publicar una foto, pero te prometo que yo jamás he estado en este sitio.

–Los demandaré por injurias –aseguró Zac con repentina furia–. Haré que se vean obligados a cerrar esa bazofia de revista.

Dicho y hecho, marcó un número de teléfono y dio las instrucciones pertinentes. Después, fue a sentarse en el sofá junto a ella.

–No te preocupes.

–He manchado tu nombre. Cuanto antes nos divorciemos, mejor.

–Yo nunca he dicho que quisiera divorciarme.

–Pero lo pensaste.

–Sólo necesitaba tiempo para encontrar una solución, para asimilar lo que sentía sobre el hecho de que me hubieras mentido. Ahora que la historia ha salido a la luz, el daño ya está hecho. No habrá divorcio.

Pandora se quedó inmóvil, sin habla.

–Ha sido Stavros el que ha hecho público un asunto privado, no tú. Mi familia te ha humillado y no pienso abandonarte. Mi obligación ahora es cuidar de ti –afirmó con orgullo.

Si no hubiera estado ya enamorada de él, habría empezado a estarlo en aquel momento. No debería haberle hecho sentir mejor el que fuera tan protector con ella; Pandora era una mujer moderna y sentir aquello resultaba completamente arcaico.

–¿Por qué sientes esa necesidad de protegerme después de todo lo que ha pasado?

Zac parecía atrapado.

–Porque eres mi mujer.

–Pero, ¿por qué correr el riesgo de que todo esto afecte a tu imagen pública y a tus negocios?

–Sobreviviré –aseguró una vez más y después la miró muy serio–. Es mejor que sigamos juntos, por las apariencias. Mi departamento de relaciones públicas se encargará de vender la historia de que estamos muy enamorados, que nuestro amor es completamente puro y que creemos que el matrimonio es una institución sagrada. Harán ver que tu virginidad no importa lo más mínimo en nuestra relación, que el heredero de la familia Kyriakos ha encontrado el verdadero amor y nada más le importa.

–Pero es mentira, tú no me amas –protestó ella a pesar de lo tentada que estaba a creer todo lo que acababa de oír.

Zac se encogió de hombros y la devolvió a la realidad.

–Mi gente se encargará de que ese amor parezca real.

Por supuesto. Zac había encontrado la solución ideal para su vida sin emociones, lo que habían compartido la noche anterior no cambiaba nada. Pandora no tenía otra opción que apoyarlo, debía estar a su lado; al fin y al cabo, él iba a enfrentarse a todo aquello por su culpa.

–Parece que puede funcionar –dijo ella–. Aunque todo sería más sencillo si realmente nos amáramos.

–Muchos matrimonios salen adelante sin amor –respondió Zac sin el menor atisbo de emoción–. Tú me has dicho repetidas veces que me odias, pero ahora eres mi mujer y debemos estar juntos.

Aquello hizo que Pandora se diera cuenta de tres cosas. La primera, Stavros había hecho que Zac sacrificara su buen nombre. La segunda, Zac había decidido que la solución era un matrimonio sin amor con el que podrían guardar las apariencias. Y la tercera, estaba convencido de que ella lo odiaba.

De pronto le pareció que lo más urgente era aclarar tal malentendido.

–Yo no te odio –dijo sin decir lo que realmente sentía por él.

Pero Zac seguía hablando.

–Hay otras cosas importantes en el matrimonio... los hijos, los negocios, tener a alguien en quien confiar.

–¿Hijos? –a Pandora le dio un vuelco el corazón. Zac querría a sus hijos, pero no a la madre de éstos–. ¿Tienes intención de que tengamos hijos? –preguntó haciendo un esfuerzo por no llorar.

–Claro.

–¿A pesar de que nunca dejarán de restregarte que Stavros fue mi primer amante?

Zac apretó la mandíbula al oír aquello.

–No volveremos a hablar de eso.

–Pero, Zac, la prensa nunca dejará que lo olvidemos.

–Yo me ocuparé de la prensa –respondió con fuerza–. Vamos a pagarles con la misma moneda. Se tragarán nuestra historia de amor.

Capítulo Diez

No dejó de llover durante todo el fin de semana, pero el acoso de la prensa no cesó. Zac había reforzado la seguridad de la casa y había puesto en marcha su plan. El sábado por la noche salieron a cenar a un popular restaurante donde los paparazzi los fotografiaron mirándose con ojos de enamorados. El domingo un fotógrafo consiguió unas fotos, supuestamente robadas, de ellos dos paseando de la mano por Hyde Park. Pero todo ello formaba parte de la campaña ideada por el departamento de relaciones públicas.

Pandora había dejado de leer las revistas, pero el cambio era evidente y no pudo evitar pensar que Zac debía de estar satisfecho con la subida de las acciones de la empresa. Por su parte, ella decidió retomar su vida normal, si eso era posible. Así pues, cuando Zac se marchó a la oficina, llamó a Katy para salir a comer con ella.

El chófer la llevó a unos grandes almacenes donde se encontró con su cuñada y juntas fueron a comprar las primeras cosas para el bebé. Eso sí, Pandora se encargó de ocultarse bajo unas enormes gafas de sol y de taparse el pelo con un sombrero.

Mientras miraban la ropa de bebé, Pandora no pudo evitar recordar la conversación que había tenido con Zac sobre la posibilidad de tener hijos.

¿Bastaría el amor que Pandora sentía por él para

mantenerlos unidos? Zac ni siquiera sabía que ella lo amaba y Pandora no sabía si debía decírselo. La mentira que le había dicho sobre Stavros había estado a punto de separarlos, por lo que quizá fuera mejor ser sincera con él respecto a sus sentimientos. Y menos si cabía la posibilidad de que él siguiera creyendo que lo odiaba.

Llegó a casa con la intención de contarle toda la verdad, sin importarle que Zac nunca correspondiera dicho amor. Merecía saber la verdad.

Pero esa noche Zac trabajó hasta tan tarde, que cuando por fin volvió a casa, Pandora ya estaba dormida. El martes Pandora se dio cuenta de que ya no se sentía tan valiente; temía que confesarle lo que sentía por él resultara humillante.

El miércoles por la mañana se prometió a sí misma que se lo diría esa misma noche, pero cuando la llamó para decirle que la reunión en la que se encontraba se había alargado, la cobardía volvió a apoderarse de ella.

Estaba viendo una película esa misma noche, cuando sonó el timbre. El ruido de voces de hombre la hizo salir a la entrada. Se detuvo en seco al ver a Stavros discutiendo con Aki junto a la puerta.

–Pandora –dijo Stavros al verla y trató de llegar hasta ella.

–Zac no está.

–Entonces tengo que hablar contigo. Dile a tu perro guardián que me deje pasar.

Aki la miró con gesto de reprobación.

–Este hombre no debería estar aquí, señora. Ha estado bebiendo.

–¿Por qué no llamas a Zac mañana por la mañana, Stavros?

–Se trata de Katy.

«El bebé», pensó Pandora con repentina preocupación.

–¿Le pasa algo a Katy? –preguntó, sabiendo que debía de estar con su amiga.

–¿Por qué no me dejas que entre un momento?

Pandora asintió, haciendo caso omiso al consejo de Aki, y lo condujo al salón. Stavros se derrumbó en uno de los sofás.

–¿Qué pasa con Katy? –preguntó ella con impaciencia.

–Me ha echado y quiere el divorcio.

–¿Y por eso te presentas aquí a estas horas? ¿No crees que ya estoy informada de la noticia?

–No consigo hablar con ella –continuó diciendo–. Zac tampoco responde a mis llamadas. Necesito que me ayudes a recuperar a Katy.

–Katy ya ha tomado una decisión y nada que yo le diga la hará cambiar de opinión.

–Entonces habla con tu marido, él sí podrá hacer que cambie de idea.

–De eso nada, no pienso entrometerme en los problemas matrimoniales de nadie. Tú solo te metiste en todo esto al vender esa maldita historia a la prensa –la rabia acumulada durante días salió como un torrente.

–Eres una perra pretenciosa. Si no me ayudas, llamaré a mi amigo el periodista y le diré que tengo otra historia para él.

–¡No te atreverás! –exclamó a pesar del terror que la invadió de pronto. Nunca estaría libre de aquel hombre. Aquello no terminaría jamás.

Stavros se acercó a ella con una sonrisa triunfal en el rostro.

–Le daré todos los detalles que me pida. Lo que llevabas puesto, o cómo te ponías para mí...

–No pienso aguantar esto –dijo poniéndose en pie. Aki tenía razón, Stavros apestaba a alcohol.

Pero antes de que pudiera salir del salón, Stavros la agarró del brazo.

–Le contaré cómo gritabas de placer…

–¡Suéltame!

–¿No te advertí que no te acercaras a mi mujer? –la voz heladora de Zac sobresaltó a Pandora.

Estaba en el umbral de la puerta, con el maletín en la mano y una mirada asesina en los ojos. Stavros la soltó de inmediato.

–Ella me pidió que lo hiciera, estaba deseándolo.

«Maldito Stavros».

–Zac… –comenzó a decir Pandora con voz temblorosa.

Pero Zac no apartaba la vista de Stavros.

–Sal de mi casa ahora mismo, Politsis. Y da gracias que aún seas el marido de mi hermana porque si no llamaría a la policía y te denunciaría por agresión.

–Yo nunca te he tocado –se defendió Stavros.

–Pero has tocado a mi mujer y eso es algo que no perdono.

El terror se reflejó en el rostro de Stavros.

–Me largo –pero antes de llegar a la puerta, se volvió a decir–: Pero lo lamentaréis.

Zac se echó a reír.

–Ten cuidado, Politsis. Serás tú el que lamentes cualquier cosa que hagas en contra de un Kyriakos. Aléjate de mi hermana y de mi mujer o atente a las consecuencias.

–Estaba tan asustada –confesó Pandora en cuanto Stavros se hubo marchado.

Zac se acercó a ella con los brazos abiertos.

–Debería haberle hecho pedazos por haberte asustado.

–No tenía miedo de él, sino de lo que decía, porque pensé que sería el fin de nuestro matrimonio. Pero lo que más me aterraba era que creyeras lo que decía...

–¿Que tú estabas deseando estar con él?

Pandora asintió con desesperación.

–Temía que creyeras que te había traicionado.

–Eso jamás –aseguró con el rostro sonrojado por la rabia–. Eres mi esposa.

Pandora se abandonó en sus brazos con alivio.

–Intentó convencerme de que hablara con Katy para que volviera con él. Estoy preocupada por ella.

Zac no esperó un momento para sacar el teléfono y llamar a alguien para que fuera a casa de la amiga de Katy y se asegurara de que Stavros no se acercaba a ella.

–Así fue cómo supiste que estaba aquí, por la empresa de seguridad.

–Sí, tienen la casa vigilada. Pero no porque no me fíe de ti –se apresuró a aclarar–. Tenía miedo de que algún periodista intentara colarse.

Pandora sabía que tenían que hablar seriamente y pensó que debía hacerlo cuando antes, así que decidió lanzarse.

–Zac, tengo que decirte algo.

–Dime.

–He estado pensando en los motivos por los que me casé contigo –Zac abrió la boca para decir algo, pero Pandora levantó una mano–. Espera, deja que termine. Eras tan guapo, tan increíble, podrías haber tenido a cualquier mujer, pero yo estaba tan fascinada que nunca te pregunté por qué me habías elegido a mí.

Zac volvió a abrir la boca.

–No he terminado. Decidí seguir casada contigo después de saber que no era la mujer que tú necesitabas porque… –titubeó unos segundos–. Porque el mayor error que cometí fue enamorarme de ti.

–¿Tú me quieres?

–Claro que te quiero, Zac. Ése es el problema… que tú eres Zac Kyriakos y el único error que has cometido en tu vida ha sido el casarte conmigo.

–Pensé que me odiabas –parecía confundido.

–¿Zac? ¿Me estás escuchando?

Zac se limitó a mirarla fijamente y Pandora estuvo a punto de echarse a reír ante la ridícula idea de que alguien pudiera odiar a aquel hombre.

El timbre del teléfono rompió el silencio. Zac no se movió, así que Pandora fue a contestar.

–Es casi medianoche, no contestes –le pidió él–. Sigamos hablando.

Pronto dejaron de llamar, pero antes de que pudieran retomar la conversación, llamaron a la puerta.

–¿Sí? –preguntó Zac con impaciencia cuando apareció Aki.

–Es su hermana.

–Dile que estoy ocupado –espetó–. La llamaré más tarde… mañana.

Pero Aki parecía preocupado.

–Dice que es una emergencia. El señor Politsis ha tenido un accidente. Está en el hospital, en estado crítico.

Cuando Pandora y Zac llegaron al hospital la prensa ya estaba allí, como si hubieran podido oler la noticia. Katy los esperaba en una sala de espera privada, caminando de un lado a otro con la mirada perdida. Stavros estaba en el quirófano.

Según les contó, había ido a casa de Stacy y había comenzado a golpear la puerta lanzando todo tipo de amenazas. Los guardas de seguridad le habían pedido que se calmara y él había salido corriendo. Poco después había llegado la policía para informar a Katy de que había estrellado su coche contra un muro cuando huía de un coche patrulla que trataba de detenerlo por conducción temeraria.

Zac abrazó a su hermana y salió de la habitación con la promesa de averiguar qué tal estaba, porque Katy no había conseguido que los médicos le dijeran nada. Pandora fue hasta ella y la abrazó.

–¿Qué va a pasar ahora?

–Tranquila –susurró Pandora–. Nosotros estaremos a tu lado siempre que nos necesites.

–Estaba tan contenta con el embarazo. Pensé que esto haría que Stavros sentara la cabeza de una vez por todas y entonces hizo algo tan horrible... –Katy se llevó las manos a la cara y empezó a temblar–. Voy a buscar los aseos, necesito lavarme la cara.

Zac volvió justo después de que Katy hubiera salido. Se sentó a su lado y le tomó las manos entre las suyas.

–Parece ser que ha perdido mucha sangre y que las heridas sufridas en la cabeza podrían ser graves –le explicó después de preguntarle por su hermana–. Vendrán a informarnos en cuanto haya terminado la operación –entonces la miró a los ojos y suspiró con tristeza–. Llevo todo el día deseando estar a solas contigo y ahora sólo puedo pensar en que hace un par de horas deseé que Stavros desapareciera de nuestras vidas de una vez por todas. No quería volver a imaginarlo… contigo. Ahora podría morir –le apretó las manos con fuerza–… y no puedo dejar de pensar que yo se lo deseé.

–No es culpa tuya –Pandora le acarició la cara con una mano–. No fuiste tú el que lo emborrachó y le puso al volante de un coche.

Zac apoyó la cara en su hombro.

–Gracias.

–Eres muy duro contigo mismo.

Lo oyó respirar hondo.

–Quería que fueras mía. Sólo mía.

–Zac...

–Soy un bárbaro, ya lo sé. Ya ves, no soy tan perfecto como tú crees... o como siempre he intentado ser.

–Zac, escúchame. Soy tuya y sólo tuya. Para mí eres perfecto... Además, tú no eres el único que deseaba que Stavros desapareciera. Creo que cuando te dije que estaba muerto era porque esperaba que lo estuviera. Así todo era más sencillo.

Zac levantó la cara al oír aquello y esbozó una tenue sonrisa. Pero vio que ella seguía sintiéndose culpable y no era eso lo que él quería.

–Te debo una disculpa –anunció poniéndole la mano en la mejilla–. Nunca me había considerado un hombre posesivo y sin embargo contigo lo soy. Me espantaba la idea de que te hubieras acostado con Stavros... a pesar de que entonces ni siquiera te conocía –hizo una pausa para buscar las palabras adecuadas, pero no encontró otra manera de explicarlo que no fuera la verdad–. Todo eso es porque estaba celoso.

–¿Celoso? –repitió ella mirándolo fijamente–. Por el amor de Dios, ¿por qué ibas a estar celoso de un hombre que no te llega ni a la suela del zapato?

Zac volvió a acariciarle la cara mientras pensaba en lo afortunado que era de tener a Pandora.

Cuando su hermana volvió, se alegró de que ella estuviera a su lado cuando le dio las noticias sobre Stavros.

–Sabes que, pase lo que pase, nosotros estaremos contigo y con el bebé –añadió Zac al final.

–Eso me da fuerzas.

Pasaron seis horas antes de que supieran que Stavros había superado la operación y que habían conseguido controlar la hemorragia interna, pero seguía habiendo riesgo de que hubiera sufrido daños cerebrales irreparables.

Katy lloró un poco más y Pandora y Zac no pudieron hacer otra cosa que abrazarla y ofrecerle su apoyo.

Poco después Stacy fue a buscarla para llevarla a casa a descansar. Zac y Pandora hicieron lo mismo.

–Estoy muy cansada, me voy a la cama –dijo Pandora nada más entrar por la puerta cuarenta minutos después.

–De eso nada, aún tenemos una conversación que terminar –protestó Zac al tiempo que la agarraba del brazo y se animó al ver que ella no trataba de soltarse–. Ha sido un día muy duro… te necesito.

–¿Por qué?

Zac cerró los ojos. Había llegado el momento de desnudarse.

–Porque te amo –cometió el error de abrir los ojos y vio a Pandora negando con la cabeza.

Zeus, ¿acababa de cometer una tremenda equivocación? ¿Acaso no le había dicho ella la verdad antes? ¿Estaría intentando darle una lección fingiendo que lo amaba? No, Pandora no le habría hecho algo así.

–¿Me amas? –preguntó ella muy despacio, como si no pudiera creerlo.

–Sí –esperó a su siguiente movimiento.

–¿Sí? ¿Eso es todo lo que vas a decir?

Zac sintió una increíble sensación de alivio.

–¿Cuándo has decidido que me amabas, si puede saberse? –parecía enfadada.

–Pandora –comenzó a decir él estrechándola en sus brazos para llevarla al sofá–. Voy a serte sincero. Me costó mucho encontrar una mujer con la que casarme. Había muchas candidatas, pero ninguna me valía.

–¿Por qué no?

La miró fijamente.

–No sé cómo explicarlo. Llevaba años retrasando el momento de casarme y de pronto un día me di cuenta de que empezaba a hacerme viejo y parecía que nunca iba a encontrar a la persona adecuada. Empecé a desesperarme. Fue entonces cuando conocí a tu padre y él me habló de ti. Parecías perfecta.

Pandora emitió una especie de gruñido que lo hizo reír.

–Después te conocí y comprobé que eras exactamente como se suponía que debía ser la esposa de un Kyriakos, pero no era sólo tu aspecto. Eras inteligente, divertida y te deseaba.

–Eso no es amor, es sólo atracción.

–Puede ser –admitió inocentemente–. Pero después de marcharme de Nueva Zelanda no pude dejar de pensar en ti y me moría de ganas de hacerte mía. Pero eras virgen… o eso creía yo, así que antes debía casarme contigo. No quería tocarte porque tenía miedo de no poder parar. Nuestra noche de bodas fue una fantasía hecha realidad.

–Pero a la mañana siguiente…

–Me puso furioso que quisieras dejarme. Sabía que no podía permitirlo, tenía que hacer algo para convencerte de que te quedaras conmigo.

–¡Y no se te ocurrió otra cosa que secuestrarme!

–Lo siento –dijo con verdadero pesar–. Después todo se descontroló. Cuando me enteré de que no eras virgen... me di cuenta de que no podía dejarte marchar, pero no entendí por qué. Pensé que era sólo...

–¿Sexo? –adivinó ella con una sonrisa.

Zac asintió.

–Ese día en el mar, cuando me dijiste que ya no querías dejarme... y todo lo que pasó después, parecía un sueño. Era maravilloso. Pero entonces aparecieron Katy y Stavros y pensé que iba a perderte de todos modos. No podía pensar con claridad. Nunca había tenido tanto miedo y aun así no me di cuenta de que te amaba. Sabía que algo había cambiado; mi cabeza me decía que lo nuestro no podría durar, pero el corazón me decía que no podía perderte. El problema era que necesitaba que tú quisieras quedarte. Necesitaba que me quisieras.

–Pero pensabas que te odiaba.

Respondió con un suspiro.

–Podía aceptar el hecho de que no fueras virgen, me di cuenta de que ya no me importaba lo que hubieran hecho mis antepasados. Pero lo que no podía soportar era que me odiases. Eso era un fracaso.

–Lo siento. No era un fracaso tuyo, sino mi propia frustración o mi instinto de conservación. Te quería con todo mi corazón, pero no podía soportar que te hubieras casado conmigo sólo porque creías que era virgen. Cuando me llevaste a Kiranos quise hacerte daño, quería que pagaras por lo que habías hecho... ¿Me perdonas?

Zac la estrechó en sus brazos.

–¿Podrás perdonarme por llevarte a Kiranos en contra de tu voluntad y por obligarte a montar en helicóptero? Me sentí fatal cuando me contaste lo de tu madre.

–Te perdono –dijo acompañando sus palabras con un rápido beso en los labios.

–Cuando salió a la luz la historia de Stavros y vi tu sufrimiento, me di cuenta de que te quería –la miró fijamente, con los ojos llenos de amor–. Quería protegerte del escándalo. Cuando viniste a mí aquella noche supe que te amaba. Pero me costó mucho aceptarlo.

–Cuánto tiempo hemos perdido.

Pero, ¿podía esperar que Pandora soportara todas las presiones de su mundo, de la prensa? Ya le habían hecho bastante daño. La miró a los ojos y supo que tenía que intentarlo; debía ser ella la que lo decidiera, no él.

–Tienes que estar segura de que puedes vivir conmigo.

–Lo estoy.

–Ya has visto cómo es mi vida. A veces mi familia llega a dar miedo y la prensa siempre estará ahí, acosándonos. ¿Podrás vivir con todo eso?

–¿Sabes que lo primero en lo que me fijé de ti fue en que tenías una boca muy sexy? –dijo poniéndole un dedo en los labios–. Pensé que era una boca hecha para el pecado.

–Seamos serios –respondió él, tratando de no dejarse llevar por el calor que empezaba a sentir.

–Soy seria. Muy seria. ¿Sabes qué? No me importa tu familia, ni la prensa; nada me importa si te tengo a ti –pero al mirarlo, sus ojos se ensombrecieron–. Pero, ¿qué vas a hacer cada vez que algún periódico mencione mi relación con Stavros? ¿Podrás soportarlo?

–De ahora en adelante seguiré mi propio consejo y no leeré los periódicos... sólo leeré los de negocios –le besó el dedo–. Y te tendré a ti, eso compensa cualquier susto que pueda darme la prensa. Por cierto, quería contarte que el precio de las acciones ha subido. Parece que a todo el mundo le gusta la idea de que el heredero de los Kyriakos haya encontrado el amor.

–Me alegro mucho –y estaba radiante–. Siempre podemos escapar de los periodistas refugiándonos en esa propiedad que dijiste que compraríamos en Nueva Zelanda, junto a High Ridge, ¿verdad? Y si no, siempre tendremos Kiranos. Podré soportar el viaje en el helicóptero siempre y cuando tú estés junto a mí. Allí nadie nos encontrará, ni siquiera podrán llamarnos por teléfono.

Zac esbozó una sonrisa.

–Nunca intentaste llamar, ¿verdad?

–No, ¿por qué?

–Porque te habrías dado cuenta de que sí había cobertura –no pudo evitar reírse al ver su gesto de indignación–. Mi esposa dice que hemos perdido mucho tiempo –dijo poniéndose en pie y levantándola a ella también–. Así que será mejor que no perdamos un segundo más –y la tomó en sus brazos.

–¿Todo esto para llevarme a la cama?

–Sí, pero no sólo para hacer el amor, también quiero abrazarte toda la noche.

–Muy bien.

–¿Muy bien? ¿No vas a protestar porque te lleve a mi cama así como así?

–A nuestra cama –corrigió ella con un beso–. Y hay ciertas condiciones.

–¿De qué se trata? –Zac miró con cierta cautela a la mujer que amaba, pues tenía la sospecha de que sabía que haría todo lo que ella desease–. ¿Qué es lo que quieres?

–Cuando volvamos a Grecia, quiero que me presentes a ese Pano que dirige los cruceros... tengo unas cuantas ideas para la ruta del Pacífico sur. Después quiero que me enseñes esa iglesia que mandó construir tu antepasado y quiero que renovemos los votos matrimoniales. Me gustaría que fuera el día de mi cumpleaños, dentro de dos semanas. Tú y yo solos. Esta vez quiero asegurarme de que hablamos de amor. No habrá más secretos entre nosotros.

Zac la estrechó contra sí y se dirigió a las escaleras.

–Lo que tú quieras, *agapi* –y no había ni rastro de burla en sus palabras cuando añadió–: Eres mi esposa, mi único y verdadero amor. Y lo serás toda la vida.

Exclusiva
El heredero de los Kyriakos, enamorado

Zac Kyriakos ha anunciado hoy que tanto su matrimonio como el grupo empresarial que posee están en plena forma. «El secreto es el amor», les dijo a los reporteros, abrazando a su flamante esposa. «Amo a mi mujer. Se ha demostrado que la profecía que decía que el heredero de los Kyriakos debía casarse con una mujer virgen para encontrar el amor es completamente falsa. Este matrimonio es para siempre».